AF196234

# Je Fussball,

# desto ohne mich!

Gebhard H. Manntz

© 2018 Gebhard H. Manntz

Verlag und Druck: tradition GmbH, Halenreie 40-44, 22359 Hamburg

ISBN Paperback:     978-3-7469-7583-2

ISBN Hardcover:     978-3-7469-7584-9

ISBN E-Book:        978-3-7469-7585-6

Bibliografische Information der Deutschen Nationalbibliothek:

Die Deutsche Nationalbibliothek verzeichnet diese Publikation in der Deutschen Nationalbibliografie; detaillierte bibliografische Daten sind im Internet über http://dnb.d-nb.de abrufbar.

# Inhalt:

# Anstelle eines Vorwortes

Eigentlich hätte sich hier das Vorwort eines der ganz Großen gut gemacht, einer der Ikonen des internationalen – wenigstens aber des nationalen Fussballs. Nun hat allerdings die letzte Zeit gelehrt, wie schnell eben diese Großen plötzlich ins Visier der Steuerfahnder rücken können, unter Korruptionsverdacht stehen oder mit anderen Schmuddeligkeiten in Verbindung gebracht werden müssen – selbst von der eigentlich den eher individuellen Sportarten wie Radfahren vorbehaltenen Praxis des Dopings ist im Fussball schon gesprochen worden. So war es sicherlich ein Akt weiser Voraussicht, nicht auf Autoren dieser Provenienz zuzugreifen, um mich und dies bescheidene Werk nicht durch weitere zu erwartende Skandale um FIFA und DFB in Verruf zu bringen. Also – anstatt eines Vorwortes ein Blick in meine biographischen Hintergründe der Betrachtungen in diesem Buch.

Im Leben eines jeden Jungen stellt sich früher oder später die Frage, ob er einen anständigen Beruf ergreifen wird oder eben doch etwas anderes werden muss – also nicht Fussballer. Denn wenn es für einen anständigen Beruf nicht reicht, muss er sich beizeiten umsehen – seine Schullaufbahn ernster nehmen, vielleicht Abitur machen oder eine Ausbildung ansteuern.

Als sich mir diese Frage stellte, war ich zehn oder elf Jahre alt, und meine Eltern hatten gerade ein Haus gebaut, das im Kellergeschoss eine Garage hatte. Die Zufahrt war fast ebenerdig, und das Garagentor bestand aus Holz. Es hatte das Format, das den anderen Kindern und mir geeignet schien, es als Trainigstor zu nutzen, zudem lag es buchstäblich vor der Haustür, und der nächste Bolzplatz war gut einen Kilometer entfernt. So ergab es sich fast zwingend, dass ich einem anständigen Beruf zustrebte, nämlich dem des Nationaltorwarts. Schließlich war es ja gewissermaßen mein Tor. Außerdem erschien mir die Lauferei, die ein Feldspieler zu absolvieren hat, schon damals als eher lästig.

Nun lag die Einliegerwohnung meiner Großmutter genau über der Garage, sodass die Bälle, die ich nicht hielt, mit lautem Knall gegen das Tor schlugen, die Freude des jeweiligen Torschützen unterstrich zusätzlich, was meine Großmutter ohnehin kaum überhört haben konnte: *TOOOOR!*

Außerhalb der Mittagsruhe hat meine Großmutter – vermutlich zähneknirschend – den mit der Verfolgung meiner Karriere verbundenen Lärm hingenommen. Sie mag gehofft haben, dass ich mit zunehmender Professionalität immer weniger Bälle durchlassen würde. Während der Mittagsruhe allerdings kannte sie kein Pardon – also kein Training zwischen 13 und 15 Uhr. Auch kein Training, wenn etwas von Peter Tschaikowski oder Richard Wagner im Radio gesendet wurde, denn auch da war sie unnachgiebig, selbst unter dem Risiko einer abgebremsten Entwicklung meiner beruflichen Fortentwicklung.

Aber ach, trotz ihrer selbstlosen Duldsamkeit für das Ziel, aus mir etwas Großes wie einen Nationaltorhüter werden zu sehen, hat es letztlich doch nicht geklappt.

Eines der Ereignisse, die mich ernstlich an meiner Eignung für diese Laufbahn haben zweifeln lassen, fand an einem frühen Nachmittag statt, an dem ich – inzwischen zwölf Jahre alt – mit einigen Nachbarsjungen zum Bolzplatz ging. Ich weiß nicht mehr, ob das Training wegen der Mittagszeit, Peter Tschaikowskis oder Richard Wagners an diesem Tag nicht vor unserer Garage stattfinden konnte, ich weiß nur noch, dass ich in meinen neuen Fussballschuhen zum Bolzplatz ging. Damals war man so stolz auf neue Fussballschuhe, dass man sie natürlich auch nicht erst am Bolzplatz anzog, sondern den ganzen Weg dorthin darin lief – ähnlich den Jungen, die ihre T-Shirts mit den Namen heutiger Fussballgrößen sogar tragen, wenn sie ihre kleine Schwester vom Kindergarten abholen müssen.

Der Bolzplatz meiner Kindheit heute, mit neuem Tor

Jedenfalls blieb ich schon nach wenigen Metern so unglücklich mit den Stollen des rechten Fußes an einem Grasbüschel hängen, dass ich stürzte, wobei mein rechter Mittelfinger im vorletzten Gelenk rechtwinklig zur Seite geknickt wurde. Der Schmerz war kolossal, mit entschlossen zusammengepressten Zähnen klappte ich den Finger wieder gerade, aber sowohl das Training an diesem Tag als auch mein angestrebter Berufsweg als Ganzes erfuhren eine deutliche Umbewertung.

Weitere Ereignisse ähnlicher Art möchte ich mir an dieser Stelle ersparen, sie hatten alle etwas mit Schmerzen, Kälte, nassem Dreck oder anderen Formen von Leid zu tun. Nach einer kurzen Phase beruflicher Unorientiertheit beschloss ich, mich einer halbwegs erfolgreichen Schulkarriere zu widmen, und auch meine Großmutter mag sich rasch damit abgefunden haben, dass ich nun doch keine Fussballberühmtheit werden würde.

Inzwischen habe ich mich innerlich so weit von meiner jugendlichen Ambition entfernt, dass Fussball in meinem Leben praktisch genauso unwichtig ist wie die Populationsentwicklung des Gelbrandkäfers unter dem allenthalben angedrohten Einfluss des Klimawandels. So passiert es immer wieder, dass die täglichen Nachrichten für mich immer dann enden, wenn das Wort *Fussball* zum ersten Mal erwähnt wird, was sie auf eine Stufe mit den Wetteraussichten und den Verkehrshinweisen stellt: Ich *höre* das einfach nicht, meine Konzentration wendet sich reflexartig Dingen zu, die viel wichtiger sind – etwa dem Füllstand meiner Teetasse oder der Frage meiner Gewichtsentwicklung in Zeiten vermehrten Kalorienaufkommens in den Zeiten des Klimawandels sowie den Möglichkeiten der Einflussnahme auf dieselbe – außer Sport natürlich.

Was sich allenfalls gelegentlich in mein Bewusstsein drängt, sind Wörter wie „Lauterer", wenn von Kaiserslautern gesprochen wird. Müsste es nicht eher „Lauterner" heißen? Aber wie die wann gegen wen und wo gewonnen oder verloren haben, das kriege ich nicht mit, würde ich auch nie speichern – es ist eindeutig außerhalb meines Tellerrandes.

Auch die Wahrnehmung derer, die dem Fussballsport frönen, begrenzt sich auf Zufallsbegegnungen. Ich kann mich erinnern, vor vielen Jahren einmal während einer beschaulichen Motorradfahrt durch die Eifel an einem dörflichen Sportplatz angehalten und für mehrere Minuten dem Spiel Mannebach gegen Salcherath zugesehen zu haben, einem Spiel, das die Würze solch sympathischer Begleiterscheinungen ausstrahlte wie jeweils ein paar Bierflaschen hinterm Tor, dicklichen Spielern sowie einem ebensolchen Schiedsrichter, der sich nur noch wenige Meter von der Mittellinie entfernte.

Vielleicht sollte ich abschließend noch erläutern warum ich mich hinsichtlich der Schreibweise des Wortes *Fußball* von der gängigen Praxis gelöst habe. Schuld daran hat Gerhard Schröder, bei dem es zwar zum Profi-Fussballer auch nie gereicht hat, der jedoch in seiner Zeit als deutscher Bundeskanzler gern erkennen ließ, wie tief er in der Mitte des Volkes verwurzelt war, indem er immer so liebevoll von diesem Sport sprach – zweifellos hat ihm das zahlreiche Wählerstimmen eingebracht: Mach dich mit denen gemein, von denen du gewählt werden willst. Intellektuelle haben mit so etwas ihre Schwierigkeiten – er nicht. *Fussball*, so hat er es dabei immer ausgesprochen – wenn nicht sogar *Fusssball* – mit drei *s*, auf jeden Fall nicht *Fußball*. Das an ihm ist mir noch in Erinnerung. Also, gewissermaßen ihm zum Gedächtnis: *Fussball*.

# Das Dilemma

„Das war kein Tor – auf keinen Fall! Der Titel gehörte ganz klar uns! Ein Riesenbeschiss war das!"
So oder ähnlich reagieren alle, die alt genug sind, sich eben dieses Tores wegen an das legendäre Endspiel zwischen Deutschland und England am 30.07.1966 zu erinnern. Selbst diejenigen, die noch zu jung sind, sich daran zu erinnern, haben zumindest davon gehört.
Es geht um das Tor bzw. *Nicht*-Tor, dass der Schweizer Schiedsrichter Gottfried Dienst nach kurzer Rücksprache mit dem Linienrichter Tofiq Behramov (klar – ein Russe!) gegen die deutsche Elf verhängte – und das in der 101. Spielminute! Spielstand dadurch 3:2 für England. Dass dann auch noch ein ebenfalls durch Geoff Hurst geschossenes Tor in der 120. Minute gepfiffen wurde, obwohl schon Zuschauer auf den heiligen Rasen im Londoner Wembley-Stadion zu strömen begannen, passt ins Bild. Was für eine böse Mischung aus Inkompetenz und Parteilichkeit!
Ich habe damals das Spiel vor einem trüben Schwarz-weiß-Fernseher erleben wollen, den eine Berliner Kneipe im ersten Stockwerk aufgebaut hatte. Eine prekär auf der Fensterbank ausbalancierte Antenne bemühte sich redlich um eine angemessene Übertragungsqualität, lieferte allerdings trotz klaren Sommerwetters nur ein verschneites Bild. In der Mitte des Raumes standen zusammengerückt mehrere Tische, längs angeordnet als Sichtachse zum Fernsehgerät.
Ein verschwitzter Kellner schleppte unaufhörlich Bierflaschen heran, und wenn er bei den Versuchen, diese einzelnen Trin-

kern zuzustellen, versehentlich an die ausladende Antenne stieß und daraufhin das Bild kurz von weißen Blitzen durchkreuzt wurde, drohte die Menge, ihn aus dem Fenster auf den Kurfürstendamm zu werfen. Das veranlasste den armen Mann, seine Aktivitäten auf das Heranschaffen voller Flaschen zu begrenzen, die leergetrunkenen blieben auf dem Tisch, wurden zur Mitte geschoben und bildeten dort bald einen soliden Körper leeren braunen Glases.

Das ausschließlich männliche Publikum profilierte sich in bekannter Weise mit kompetenten Ratschlägen der Mannschaft gegenüber. Fettleibige, windschiefe und bierglasige Gestalten übertrafen sich gegenseitig mit Rufen wie „Loof dir doch frei – oder biste anjewachsen?!", „Mann, Mann, Mann, wenn ick det sehe!" oder „Wo hat der denn Fussball jelernt, wa? Nee-nee!"

Kurz vor der Halbzeitpause, nachdem es immer noch 1:1 stand, beschloss ich, meinen Stehplatz am Rande des biergeschwängerten und trotz offenen Fensters schweißstinkenden Raumes aufzugeben und im Erdgeschoss nach frischer Luft zu schnappen.

Wie der Zufall es oft so will, entdeckte ich in einer Ecke ein Flippergerät, eins von denen, die es damals noch gab, die dem Spieler nicht durch galaktisch anmutende Tonkadenzen und Lichtkaskaden die Lust am Flippern rauben. Was für ein Glücksfall, ich stand vor einem meiner Lieblingsmodelle – Big Chief! Für 50 Pfennige würde ich drei wunderbare Spiele lang Entspannung auf höchstem Niveau finden – endlich Zerstreuung nach der erzwungenen Konzentration auf all die Pässe zwischen unseren Heroen des Rasens, die Schnellinger, Overath, Weber, Seeler, Haller, Emmerich und Beckenbauer hießen (komische Namen hatten die damals ...).

So versenkte ich also meine Münze und ließ die glänzende Kugel ins Feld schnacken, wo sie sich in rascher Folge an den leuchtenden Pilzen abstieß, beschleunigt bis zur Unsichtbarkeit, und das Zählwerk mit leisem Klackern meine Punkte addierte. Bei tausend Punkten gab es ein Freispiel, eine Punktzahl, für die man wirklich kämpfen musste. Wenn man den Begriff Inflation veranschaulicht sehen möchte, dann hilft ein Blick auf die Zählwerke aktueller Geräte ...

Als ich mein drittes Spiel beendet hatte, zeigte das Freispielkonto eine stattliche 4. Ich hatte also nicht nur meinen bisherigen Spielgenuss herausgearbeitet, sondern einen zusätzlichen Gewinn von 33 %. Eine solche Serie bricht man doch nicht einfach ab, oder? Während also oben das pausenbedingte Stühlerücken und die mit der Entfernung des Leergutes verbundene Lauferei abebbten, arbeitete ich mich an meinen hart erkämpften Freispielen ab. Oben rollte wieder das runde Leder durch das zeilengeprägte schwarz-weiße Bild, unten die hochglänzende Edelstahlkugel über die bunte Fläche zwischen grell leuchtend prellenden Pilzen.

Ich gebe zu: Es gab Momente, da schien die Anwesenheit vor dem Fernsehgerät dort oben einen gewissen Reiz zu haben – Salven schmerzlichen oder beifälligen Gebrülls tönten zu mir herunter. Aber die Freude am eigenen Tun hielt mich da gefangen, wo ich war: vor dem Flipper mit inzwischen zwei weiteren Freispielen.

So kommt es, dass ich weder damals noch jemals danach mehr als eine Halbzeit eines Fussballspiels gesehen habe, ja, dass ich nie ein ernstes Dilemma empfunden habe, ob ich nun Fussball gucken oder stattdessen irgendetwas Wichtigeres tun soll – denn es gibt immer etwas Wichtigeres.

Und so kommt es auch, dass – wann immer das bewusste Ergebnis des Spiels von 1966 und seine schreiende Ungerechtigkeit in meiner Nähe Erwähnung findet („*Hast du das gesehen? Das war doch kein Tor!*") – ich mit abwesendem Blick der Serie von Freispielen gedenke, die ich am 30. Juli dem Big Chief abgerungen habe: Was für ein Tag!

# Sport ist gut

Und Sport ist gesund.

Es ist erstaunlich einfach. Man kann zu nahezu jeder Problemstellung sofort ein Meinungsspektrum erstellen zwischen rückhaltloser Unterstützung und völliger Ablehnung.

Zum Beispiel: Sport ist gut.

Wer diese Meinung vor sich herträgt, mag dabei die vielfältigsten Motive haben, ehrlich empfundene Überzeugung, gesundheitliche Gründe, wirtschaftliche Aspekte – jawohl, Sport ist eine Gelddruckmaschine –, soziale oder unreflektiert dumpftraditionelle – *mens sana in corpore sano* oder so. Der positiven Einschätzung des Sports haftet auch der Nimbus politischer Korrektheit an, die *mainstreamige* Meinung, der man sich kaum entgegenstellen kann. Tut man es dennoch, so befindet man sich in der hoch oben schwebenden und daher als zu leicht befundenen Waagschale der Ignoranten, der Spontis, deren Sprüche – wie etwa *Joggers die fitter* – nicht wirklich ernst genommen werden. Auch Sir Winston Churchill gehörte hierher, der mit seiner Begründung für sein hohes Alter nicht jeden überzeugen konnte: *Absolutely no sport!*

Nimmt man allerdings in den Blick, in wie hohem Maße totalitäre Regime und deren Führer den Wert ihrer Systeme über sportliche Erfolge zu stützen versuchten und noch versuchen, so mag man sich in dieser Umgebung auch nicht recht wohlfühlen: Hier denkt man nämlich an Hitlers Olympiade von 1936, die aufgeputschten Kader der DDR-Dopingkrüppel oder Putins Winterspiele in Sotschi 2014. O wie unfair geht doch der Leichtathletik-Weltverband mit den armen russischen

Sportskanonen um! Sie riskieren ihre Gesundheit, und was ist der Dank?! Ja, das ist der Dank. Das wäre dann die andere Seite des Spektrums.

Dennoch, Sport ist gut. Er bringt Menschen zusammen, etwa in den Sonderzügen der Bahn, in denen Fussballfans in Gruppen zu den Spielen „ihrer Mannschaften" fahren, zumindest aber zum „Rudelgucken". Sie erkennen einander an entsprechend gemusterten Schals. Sie erkennen allerdings auch die Fans feindlicher Mannschaften an deren entsprechend anders gemusterten Schals. Und trotz der Mühen, die Fangruppen irgendwie räumlich zu trennen, finden diese doch immer wieder zu einander. Dann nutzen sie die Gelegenheit zu demonstrieren, wie das genau funktioniert, dass Sport die Menschen verbindet. Oft werden die Teilnehmer an solchen Demonstrationen anschließend gemeinsam in Polizeimannschaftswagen abtransportiert oder finden sich in benachbarten Betten einer Intensivstation wieder. Es soll vorgekommen sein, dass sie sich dort gegenseitig die Infusionsnadeln aus den Venen gerissen haben. In manchen Kliniken werden inzwischen mehrere Intensivstationen vorgehalten, an deren Türen im Bedarfsfall die entsprechenden Vereinsfarben angebracht werden, gerne auf unterschiedlichen Fluren. Das verbindende Element ist hier allerdings vor allem das Verbandsmaterial beziehungsweise das Personal, das dieses anlegt.

Die Schals dienen also dem Zweck der Identifikation des Heeres derer, die in die Schlacht ziehen, ganz so wie sich Indianer an ihrer Körperbemalung oder ihrem Federschmuck erkennen konnten – oder Rattenstämme sich an ihrem Geruch identifizieren. Schals bilden umsatzmäßig allerdings nur die Spitze des Eisbergs von sogenannten Fan-Artikeln. Es gibt praktisch alles, was normale Menschen auch benutzen, aber mit rot-weißen, schwarz-gelben oder weiß-blauen Emblemen darauf – vom Kapselheber zum T-Shirt, vom Aufkleber in zahllosen Größen bis zum Grillbesteck, vom Salzstreuer zum Kondom.

Papiertaschentücher werben mit dem Aufdruck „Herzblut für Deutschland" für ihre Nutzung und Schokoladeneier werden fussball-gefleckt als „Halbzeiteier" angepriesen. Ach ja, diese Artikel stammen üblicherweise aus billigen Produktionen, gern aus exotischen Niedriglohnländern, dafür sind sie natür-lich teurer als ihre gewöhnlichen Pendants ohne Vereinsfar-ben – deutlich teurer. Also ist Sport auch gut für den Handel, wenn schon nicht für die Billiglohnkräfte.

Dabei gibt es nicht nur Fussball, nein, es gibt auch noch an-dere Sportarten, die das Beste aus den Menschen herausho-len möchten – ihr Geld. Doch ist der Markt für Fanartikel an-derer Sportarten vergleichsweise schmaler ausgestattet. Ich habe jedenfalls noch niemanden mit einer Baseball-Kappe ge-sehen, auf der *Viswanathan Anand* gestanden hätte oder der Name seines Bezwingers und Nachfolgers *Magnus Carlson*. Der Schachsport ist eben genauso wenig ein Massensport wie Turmspringen oder Dreisprung, und auch hier gibt der Fan-artikelmarkt nicht viel her.

Sport ist gesund, heißt es. Dagegen spricht die hohe Zahl der Mediziner, die sich speziell der Sportmedizin widmen – ohne Sport und die bei dessen Ausübung zu beobachtenden Über-treibungen wären sie verzichtbar, von Dopingärzten ganz zu schweigen. Also ist Sport sicherlich gesund für ganze Berufs-gruppen – nicht nur für die genannten Hersteller bzw. Händler der Fanartikel, sondern auch für die, die Krücken verschrei-ben und die, die diese herstellen.

Oh, und die Medien: Was für ein Wirtschaftszweig vom einfachen twittern des jeweiligen Spielstandes durch die ganze Welt bis zu den Anbietern einschlägiger Apps oder den Herstellern entsprechender Empfangsgeräte, ganze Reporterkohorten sind ständig rund um den Globus im Einsatz, benutzen öffentliche und private Verkehrsmittel und nuscheln Weisheiten in tausende von Mikrofonen wie „Noch ist hier alles offen!" oder „Da wird der Trainer wohl noch etwas zu sagen!"

Fast hätte ich es vergessen: Das Verbandswesen (nein, nicht nur Mullbinden und Pflaster ...), die diversen Ligen, die kompliziert strukturierten Ebenen von Meisterschaften, der Sportstättenbau, die Unterhaltung derselben von der Markierungsfahnenherstellung über die Rasenpflegegeräte bis hin zur Betonsanierung – all das kostet, wird mit öffentlichen Geldern gefördert und trägt so zur allgemeinen Gesundheit des Volkes und seines Erwerbs- und Wirtschaftslebens und -strebens bei – jawohl, bis hinunter zum Würstchenverkäufer oder dem Security-Personal, ohne das es ja heute auch nicht mehr geht, oder dem Reinigungspersonal, das anschließend zur Tatortreinigung herangezogen wird und die vollgekotzten Stadienflure desinfiziert. Klar, und neuerdings auch die Hersteller des zertifizierten Markierungssprays.

Doch – wenn ich all das abwäge – trotz der Ähnlichkeit heutigen Sports mit den alten Gladiatorenkämpfen oder den anderen in gnädige Vergessenheit geratenen Bräuchen wie der Opferung unterlegener Mannschaften in den alten mittelamerikanischen Kulturen bei ihren mit dem Gesäß ausgetragenen Ballspielen, trotz alberner Ritterturniere und blutiger Stierkämpfe, trotz Hitler, Putin und Konsorten – Sport ist schon gut – irgendwie.

# Fussball, klar!

(Von über 150 Sonetten, die William Shakespeare in seinem Leben geschrieben haben soll, handelt nicht eines von Fussball. Das ist ein Versäumnis, das ich ihm angesichts seiner sonstigen Verdienste verzeihen möchte, hat er doch stattdessen zwei andere Themen hochwertig verdichtet, die uns Menschen seit jeher fast noch mehr faszinieren als Fussball: die Liebe und die Vergänglichkeit, was beides auch mit dem Fussballsport assoziiert werden kann – auf die eine oder andere Art. Sei's drum – die Welt soll nicht weiterexistieren müssen ohne ein Fussballsonett. Muss sein. Hier, bitteschön.)

> Klar, der Mensch ist Mensch nur, wo er spielt –
> doch muss es ausgerechnet Fussball sein?
> Ein Sport, bei dem die Siege man heut dealt,
> und Spiele selber laufen nur zum Schein?
>
> Was könnten wir mit uns'rer Zeit nicht tun?
> Wir könnten wandern und Gedichte schreiben,
> wir könnten einfach nur im Sessel ruh'n,
> die Glotze könnte uns gestohlen bleiben!
>
> Stattdessen lassen wir uns doch verlocken:
> Wir brüllen wieder mit, wenn alles brüllt,
> wir müssen wieder vor der Kiste hocken,
> die hohle Birne innen biergekühlt.
>
> So sitzen wir und glotzen, rauchen, saufen
> und können selber kaum noch richtig laufen.

# Fussball und Kultur

Lange habe ich nicht verstanden, ob bzw. dass Fussball ein integraler Bestandteil unserer – ja, überhaupt irgendeiner Kultur ist. Dann habe ich den Kulturbegriff gegoogelt. Das hat die Problemstellung in einem neuen Licht dargestellt. Aufschlussreich in seiner gebündelten Form ist ein Standardwerk der deutschen Sprache. Hier heißt es, Kultur sei die Gesamtheit der geistigen, künstlerischen, gestaltenden Leistungen einer Gemeinschaft als Ausdruck menschlicher Höherentwicklung auf einem bestimmten Gebiet und in einer bestimmten Epoche. Na bitte!

Das mag nun zunächst sehr trocken klingen, aber wir können es uns ja veranschaulichen.

Richten wir dazu unseren Blick auf den Begriff *Gemeinschaft* – nehmen wir für unseren Zusammenhang an, damit sei eine Gruppe von etwa einem Dutzend Personen gemeint. Und wir können eine solche Gruppe getrost als Mannschaft bezeichnen, selbst wenn es sich dabei um eine Damengruppe handeln sollte. Ringt denn nicht jede Mannschaft um einen Ausdruck menschlicher Höherentwicklung, und das unter Zuhilfenahme geistiger (*Wo lauf ich denn am besten hin?*), künstlerischer (*Das war doch eine Schwalbe!*) und gestaltender (*So ein schöner Pass!*) Leistungen? Und all das auf einem bestimmten Gebiet (*also dem Fussballplatz*) und während einer bestimmten Epoche (*also während zweier ganzer Halbzeiten – plus Nachspielzeit und Verlängerung*). Eine Epoche könnte man auch definieren als den Zeitraum, währenddessen ein bestimmter Trainer gewirkt hat oder ein besonders erfolgreicher

Torschütze Kapitän einer Mannschaft war, zum Beispiel die Ära Herberger.

Das ist doch schon einmal hilfreich.

An anderer Stelle („Culture-in-motion-2011.eu") finde ich die Formulierung, Kultur definiere sich als „Bedeutungsgewebe, das wir selbst entwerfen und in dem wir uns gleichzeitig befinden". Na, wenn das nicht auf den Fussball – insbesondere auf seine Fans – zutrifft! Ich denke da an die Behausungen echter Fans, die ein solches „Bedeutungsgewebe" um sich her geschaffen haben, mit Wimpeln, Kappen und anderen Fan-artikeln ausgeschmückte Räumlichkeiten – und nun befinden sie sich darin – gleichzeitig. Zweifellos sind doch auch die mit Logos verzierten T-Shirts oder Trikots „Bedeutungsgewebe".

Und ist nicht auch die Sportreporter-Prosa ein sprachliches „Bedeutungsgewebe", bei dessen Entschlüsselung man sich nur zu leicht verheddert? Man muss sich schon ein wenig auskennen, um ihren lauten Gedanken folgen zu können. Da gilt zum Beispiel ein Elfmeter als „verschossen", wenn der gegnerische Torwart genügend gute Reflexe hatte, den Ball abzuwehren. Hatte er diese nicht, so bezeichnet man den Elfmeter als „verwandelt". Ist das nun eine Metamorphose?

Noch etwas: Analog zu der Behauptung eines namhaften Künstlers der Vergangenheit, jeder Mensch sei ein Künstler – was sicherlich auch sein eigenes Selbstbewusstsein gestärkt haben dürfte – heißt es wohl zu Recht: Alles um uns her ist Kultur! Also auch der Fussballsport.

Schließlich erwähne ich – nun überzeugter Verfechter dieser Auffassung – dass auch die Variationsbreite von Besonderheiten und Ausprägungen rund um den Fussballsport der von anderen kulturellen Errungenschaften gleichkommt – etwa den unterschiedlichen Ess- und Trinkgewohnheiten, der Benutzung von Toiletten und Toilettenpapier bis hin zu verschiedensten Bestattungszeremonien in den diversen Kulturräumen – alles ist Kultur, sogar von einer Selfie-Kultur wird gesprochen.

Jaja, der Mensch ist ohne Kultur nicht denkbar, und Fussball gehört dann wohl auch dazu – so oder so – in unterschiedlichsten Ausprägungsformen.

Vielleicht ist hier von Interesse, dass bei jeder Art kultureller Erscheinung zwischen aktiver Ausübung und passiver Teilnahme ein Missverhältnis besteht: Die meisten Menschen sehen gerne Krimis, aber nur wenige begehen Verbrechen, klären sie auf oder drehen Filme darüber. So ist das auch bei Fussball. Während eine deutliche Mehrheit der Deutschen Fussball als ihre Lieblingssportart bezeichnet, tritt nur ein verschwindend geringer Prozentsatz erwachsener Menschen selber gegen den Ball.

# Das E-Bike

Mein Nachbar war schon immer sportlich ambitioniert. Nachdem er zunehmender Leibesfülle wegen seine Neigung zum Fussballsport auf die rein medientechnische Rezeption desselben eingeschränkt hat und zum Ausgleich nun ein Rennrad sein eigen nennt, zieht er damit seine Kreise durch das Umland – wenn gerade einmal nicht auf irgendeinem Kanal ein Fussballspiel übertragen wird, das ihn in seinen Sessel zwingt. Das ist aus meiner Sicht nicht weiter spannend, zumal er nicht mein Lieblingsnachbar ist und ich keines seiner Hobbies teile. Aber ich schaue immer mal hinüber, wenn er von einer seiner Touren bzw. Torturen zurückkommt, ob es vielleicht Anzeichen für Kreislaufprobleme gibt, derentwegen ich – natürlich mit der angemessenen Bedächtigkeit und Würde – den Notarzt alarmieren müsste.

Einen solchen Anruf stelle ich mir etwa so vor: Ich setze die Lesebrille auf und suche den Zettel, auf dem ich vorsorglich die Rufnummer des Notarztes notiert habe. Ich finde ihn, wähle die Nummer, zähle mit, wie oft ich das Freizeichen höre – ich leide nämlich an Zählzwang, ich zähle zum Beispiel immer, wie viele Treppenstufen eine Treppe hat, auf der ich gerade hinauf- oder hinuntergehe – und dann, wenn sich am anderen Ende jemand meldet, nenne ich meinen Namen und den meines Nachbarn sowie unsere Anschriften. Sodann schildere ich, wie er soeben in seiner Garageneinfahrt zusammengebrochen sei, während er von seinem Rennrad der Marke *FIREBIRD* abgestiegen sei. Ich empfehle daraufhin, bei Gelegenheit einen Notarzt vorbeizuschicken, denn möglicherweise schaffe mein Nachbar es nicht aus eigener Kraft, am Leben zu bleiben und benötige ärztliche Hilfe. Nach dem Anruf werde ich hinaus auf den Balkon treten und warten, was passiert. Selbst Hand anzulegen, scheint mir unzweckmäßig, ich würde vermutlich alles noch verschlimmbösern.

Mit dieser mentalen Vorbereitung glaube ich mich bestens gerüstet für eine solche Unpässlichkeit meines Nachbarn, ja, ich brenne förmlich darauf, ihm auf diese Weise eines Tages helfen zu können. Bisher ohne Erfolg.

Eines Tages hat er mir unaufgefordert anvertraut, dass seine Frau sich ein E-Bike zugelegt hat, um bei gemeinsamen Ausfahrten mit ihm Schritt halten zu können. So sieht man die beiden gelegentlich das Haus verlassen, *er*, der Kampfradler, mit verbissenem Blick, die Nase dicht über dem Lenker, der aussieht, als habe er ihn im Zorn verbogen, seinen Hintern auf einen Sattel gespießt, mit dessen Sitzfläche man Holz spalten könnte, und steinharten Reifen, kaum dicker als mein Zeigefinger – *sie* dagegen entspannt zurückgelehnt, vorn und hinten gefedert, von der elektrischen Anfahrhilfe in zwei Sekunden von null auf sechs beschleunigt und fürderhin mit mildem Tritt ihrer wohlgeformten Beine in der Lage, bis zu 25 Stundenkilometer schnell auch leichte Steigungen zu bezwingen, und das stundenlang.

Das sei schon eine Herausforderung jetzt, sagt er. Sie müsse gerade am Ende von Steigungen immer einmal auf ihn warten. Oft passe sie es so ab, dass sie sich in einem Gartenlokal mit einem Glas Radler erfrische, und wenn er schweißüberströmt ankomme, dränge sie bereits zur Weiterfahrt, ihr sei kühl.

Sie habe ihm vorgeschlagen, sich doch auch ein solches Fahrrad zu kaufen, doch das sei gar nichts für ihn. Das sei das alkoholfreie Bier unter den Fahrrädern, etwas für Warmduscher, hat er gesagt. Nun, er muss es ja wissen. Er hat ihr neues Rad nämlich einmal ausprobiert, abends, als es schon fast dunkel war. Heimlich. Aber ich habe ihn gesehen. Es schien ihm peinlich, und sein Urteil fiel aus wie erwartet: Nichts für ihn, er brauche die sportliche Herausforderung.

Außerdem habe sein Freund zu ihm gesagt, für ihn – den Freund – sei so ein Ding die letzte Anschaffung vor einem Rollator, und wenn er – mein Nachbar – sich auch so ein Teil kaufe, werde er – sein Freund – nicht mehr mit ihm – meinem Nachbarn – reden – hat mein Nachbar gesagt.

Sowas ist ihm wichtig, daher wird er sich auch weiterhin quälen. Und so werde ich auch weiterhin aus dem Fenster schauen, wenn er von einer seiner Foltertouren heimkehrt. Vielleicht muss ich ja doch einmal – wie gesagt: mit der gebotenen Bedächtigkeit und Würde – den Notarzt rufen.

Und sollte der dann zu spät erscheinen, so werde ich einen Kranz auf meines Nachbarn Grab legen, das Vorderrad eines Fahrrades, mit Kirschlorbeerzweigen durchwirkt, und auf der Schleife werden die Worte stehen: *„E-Bike – nein danke!"*

# Die Entwicklung der Sprache am Beispiel des Fussball-Fans Jasper

„Balla!", rief der kleine Jasper mit leuchtenden Augen. Sein Arm zeigte ruckartig in die Richtung der ziemlich kugelförmigen Teekanne auf dem Tisch. Alle lachten heiter, denn sie wussten, was er meinte. Es hatte auch noch nicht viel Sinn, ihn zu korrigieren, denn er wusste weder, was Tee ist, noch kannte er den Begriff Kanne.

Aber immerhin war die Entwicklung seines Sprachverhaltens schon auf der Stufe des Einwortsatzes mit Mitteilungs- beziehungsweise Aufforderungs-Charakter angekommen. „Balla!" mochte hier also heißen: „Schau mal, ein Ball!" oder „Den Ball da, den möchte ich gern haben."

Das vorläufig noch angehängte *a* trug er aus der noch früheren Phase der Silbenverdopplung mit sich herum, in der alle Kinder weltweit mit ihren Sprechwerkzeugen experimentieren – besonders gern mit labialen Lauten wie *b* und *p* sowie *m*. Die Ergebnisse solcher frühkindlichen Experimente beziehen Mütter eitlerweise weltweit auf sich, so ist es auch kein Zufall, dass in nahezu allen Sprachen das Kosewort für Mütter ähnlich klingt, nämlich wie Mama, maman oder mum.

Doch zurück zu Jasper. Bald sollte er nur noch „Ball!" rufen, dann den Zweiwortsatz „Da, Ball!" formulieren, um nach dem Erreichen wiederum einer weiteren Stufe kohärente Mehrwortsätze zu bilden, deren grammatische Vollständigkeit zwar noch verbesserungsbedürftig sein würde, jedoch schon erkennen ließe, dass das Prinzip der Sprache als Medium abstrakterer Kommunikation mit höherem Symbolgehalt erkannt worden war und angewandt wurde.

Eine scheinbare Regression in den Einwortsatz sowie eine fehlerhafte Aussprache hätte man vermuten können, als Jasper zeitweise – besonders in Situationen, in denen er gegen einen Ball trat – „Ballack!" rief. Es handelte sich dabei jedoch um eine sprachlich ausgedrückte Identifizierung mit dem zu dieser Zeit noch populären Nationalspieler und Mannschaftskapitän Michael Ballack, der später eher durch seine Reiseempfehlungen Aufmerksamkeit erregte.

Wo war ich? Ach ja, ich war bei Jaspers weiterer Sprachentwicklung.

Als nächstes konnte man Fragesätze erwarten wie „Ey, kommsse raus, Fussball?" oder „Heut nammitach – wieder Fussball – drei Uhr Bolzplatz?", vielleicht auch einen Aussagesatz wie

„Neuen Fussball, vom Geburtstach" oder „Boa – geile Pocke, wa?".

Ab hier waren der weiteren Entwicklung bis hin zu komplizierten Satzgefügen kaum mehr Grenzen gesetzt. Gute Beispiele sind hier Aussagen wie „Der Ball ist rund, und der Rasen ist grün" oder abstrakte Verschlüsselungen sehr konkreter Absichten: „Das Runde muss in das Eckige!". Auch ein Satz wie „Das Chancenplus war ausgeglichen." überzeugt in seiner Logik jeden Zweifler. Jasper kannte zu diesem Zeitpunkt mehrere berühmte Zitate der Fussballgeschichte, wusste oft sogar, ob sie von Lodda, Ruddi oder Olli stammten – oder gar vom Kaiser höchstselbst. Freunde sprachlicher Analysen kommen gerade bei solchen Betrachtungen genussvoll auf ihre Kosten.

Fast schon philosophisch anmutende Sentenzen wie „Dies ist ein Fussballspiel wie jedes andere, und wir sollten uns nicht verrückt machen lassen." können die kollektive Zielorientierung der Mannschaft stärken, bündeln sie doch das Wollen aller und überführen es in die kämpferische Energie, die für ein Spiel entscheidend sein kann und zusammengefasst klingt wie: „Wir werden dem Gegner nichts schenken, wir spielen auf Sieg!"

Jaspers Repertoire an einschlägigen Zitaten wuchs mit Erreichen der Pubertät in die Höhen solch profunder Aussagekraft, dass ich keine Gelegenheit versäumte, mich nach neuen Beispielen seiner tiefschürfenden Betrachtungen kommender oder vergangener Spiele zu erkundigen. Denn auf dieser Stufe hatte Jaspers Sprachentwicklung ihren Höhepunkt erreicht, eine weitere Ausdifferenzierung wäre allenfalls inhaltlich denkbar gewesen – wenn er sich zum Beispiel anderen Feldern hätte öffnen mögen – vielleicht der Deskription des Einflusses von Kreuzottern auf die Populationsdichte der Feldmaus im gemeinsamen Habitat unter dem Einfluss des Klimawandels oder auch dem inner-europäischen Geldfluss in den Zeiten wohlverdienter Staatspleiten gewisser Nachbarländer – am besten auch hier unter dem Einfluss des Klimawandels.

Jasper dagegen widerstand erfolgreich der Versuchung, sich thematisch in derlei Richtungen zu verzetteln, sondern blieb dem Sujet treu, das ihn von klein auf fasziniert hatte – Fussball. Als ich ihn das letzte Mal sah, roch er nach Bier, und auf die Frage, wie es ihm gehe, antwortete er mit vielsagendem Blick: „War Fussball kucken mit Hakan. Geiles Spiel! Ham gewonn'!" Mit „Ham gewonn'!" meinte er, dass diejenige Mannschaft obsiegt habe, als deren Fan er sich betrachtet.

Wenn ich vermuten darf, dass seine Sprachentwicklung noch nicht abgeschlossen ist, ja, dass weitere Dynamik stattfinden wird, dann mag er in der nächsten Stufe in einen Einwortsatz hinein verdichten, was ihm spontan der Betrachtung wert erscheint, möglicherweise durch Verdoppelung – Sprachkundler nutzen dafür die Bezeichnung Reduplikation – besonders hervorgehoben: „Balla-balla!"

# Mathe für Fans

Deniz, der Sohn einer Bekannten, ist Fussballfan. Wenn Fussball die Schule fürs Leben wäre, wäre er ganz vorn. Das ist allerdings nicht der Fall. Fussball ist bestenfalls die Schule für noch mehr Fussball, und ich persönlich finde das völlig in Ordnung. Es kann doch nicht nur diese Nischen geben – Nischen, in denen jemand Blumen fotografiert oder nachdenkt.
Aber zurück zu Deniz. Mathe ist nicht sein Ding. Schon das Lesen der Textaufgaben ist ihm zuwider. Ein Verhältnis wie das seine zum Lesen von Texten, die nicht in einer der gängigen Sportpostillen stehen, bezeichnet die Psychologie als *affektive Distanz*. Das weiß er aber nicht. Er drückt es einfacher aus: „Das ist geht gar nicht!"
Nun soll Deniz es nach dem Willen seiner Mutter zu einem Schulabschluss bringen. Insgeheim traut sie ihm wohl nicht zu, als Fussballstar ihre alten Tage zu vergolden. So hat sie mich gebeten, ihm in Mathematik auf die Sprünge zu helfen, und in einem Anflug nachbarlicher Gutmütigkeit habe ich zugesagt. Schön blöd. Nun versuche ich also, die in seiner Jahrgangsstufe angesagten Textaufgaben so zu gestalten, dass sie ihn zu ihrer Lösung motivieren.
Gestern war wieder so ein Tag. Ich hatte mir ein paar Informationen aus einer dieser Fussballzeitungen herausgesucht, völlig perplex, dass es solche Statistiken überhaupt gibt. Wer – bitteschön – misst nach, wie viele Meter Laufstrecke so ein Ballakrobat im Laufe eines Spiels zurücklegt? Wer protokolliert das Eckenverhältnis – und wozu? Wer führt eine Strichliste über die Zahl der Ballkontakte oder Abseitspositionen,

und das bei knapp einem Dutzend Spieler, die da während einer Partie durcheinanderwuseln, und zwar auf jeder der beiden Seiten? Sind solche Zahlen belastbar? Oder relevant?

Aus meinen Recherchen, für die ich spontan erwog, eine Art Schmutzzulage zu verlangen, hatte ich ein paar Übungsaufgaben zurechtgebastelt:

> *Von 654 Pässen, die Lionel Messi während 827 Spielminuten abgegeben hat, haben 87 % ihr Ziel erreicht.*
> *– Wie viele erfolgreiche Pässe hat er abgegeben?*
> *Von 291 Pässen, die Cristiano Ronaldo während 718 Spielminuten gespielt hat, haben 244 ihr Ziel erreicht.*
> *– Berechne seine Erfolgsquote in Prozent.*
> *– Wer von beiden hat eine bessere Erfolgsbilanz?*
>
> *Wenn von 153 geschossenen Toren 13 von Ronaldo erzielt wurden, wie viele Tore in Prozent haben dann seine Mannschaftskollegen geschossen?*

Deniz sah kurz auf die erste Aufgabe. „572!" sagte er dann.

„Hast du das im Kopf gerechnet?", fragte ich, und kurz flackerte Hoffnung in mir auf.

„Nö, das stand doch in der Sport-Bild! Sowas weiß man einfach. Und Ronaldo seine Quote ist 84 %, 3 % schlechter als wie Messi seine. Und Ronaldo hat bloß 8,5 % von den Toren geschossen. Ich wollte, unser Mathelehrer würde uns auch so einfache Aufgaben geben, dann brauchte ich nicht rechnen."

Nun denke ich wieder über Matheaufgaben nach, in denen Kinder Äpfel oder Schokolade teilen müssen. Da stehen die Antworten wenigstens nicht in der Sport-Bild.

# Elternabend

In meiner aktiven Zeit als Lehrer hatte ich immer wieder besondere Freude an den Abenden, die dem Kennenlernen von Eltern und Klassenlehrer dienten – all der Erwachsenen eben, die sich mehr oder weniger berufen der Einflussnahme auf Kinder und Jugendliche widmen, die ihnen infolge ihres Strebens nach Elternschaft oder durch ein zynisches Schicksal bzw. ihre jugendlich leichtsinnige Berufswahl zugeteilt worden sind.

Jede dieser Veranstaltungen lief nach einem bestimmten Muster ab: Menschen unterschiedlicher Geschlechter saßen auf den Plätzen, die morgens noch von ihren Kindern warmgehalten worden waren, und hielten diese nun ihrerseits für knapp zwei Stunden warm. Wichtige Themen wurden diskutiert, nachdem zunächst die Vorsitzenden gewählt worden waren. Dabei schienen manche der Amtsinhaber quasi auf Lebenszeit bestimmt zu sein, sie wurden trotz bescheidenen Protestes ihrerseits für ein weiteres Jahr durchgenickt, andere zogen in dieser Phase der Veranstaltung stets den Kopf ein, um allenfalls danach erleichtert und lautstark an allem herumzunörgeln, was am Schulwesen im Allgemeinen, an dieser Schule sowieso und in dieser Klasse und dem ihr zugeteilten Lehrpersonal ganz besonders verbesserungswürdig war.

Klassenfahrt (Wohin? – Für wieviel Geld, wieso so viel? – Warum nicht nach Bad Meinberg, da war man früher sehr erfolgreich hingefahren, als man selbst noch Schüler war. – Hat doch auch gereicht! – Was, Wandern? Das ist mal gut, Kinder

wandern viel zu wenig! – Was, Wandern? Die armen Kinder, das halten die nicht durch!)
Sexualkundeunterricht (Warum so früh? – Warum so spät? – Warum überhaupt – wir haben das doch auch so alles mitgekriegt! – Was, *der / die* soll das unterrichten!?)
Pausenversorgung (Warum so teuer? – Wieso so schlecht? – Wir hatten das damals auch nicht!)
Unterrichtsversorgung (Der Unterricht bei Frau / Herrn Soundso ist jetzt schon so oft ausgefallen! – Ist doch nur Religion! – Nein, Erdkunde auch!)
Etc. etc. – und das immer wieder, jahrelang.
Nur einmal habe ich mich wirklich gewundert. Gleich zu Anfang war klar, dass etwas nicht so war wie sonst. Und dann, als ich gerade die Stimmfähigkeit überprüfen wollte, fiel es mir auf: Ich war der einzige Mann im Raum.
Das hatte irgendwie etwas Besonderes, die Atmosphäre war an diesem Elternabend ganz anders, so ohne Gockelgehabe. Natürlich habe ich gefragt, wo sie ihre Männer bzw. die Väter ihrer Kinder gelassen hatten – war mir etwas entgangen? Hatte ein absurder Zufall dafür gesorgt, dass ausgerechnet heute alle Väter etwas anderes zu tun hatten, als sich um den so wichtigen Zusammenhalt zwischen Elternhaus und Schule verdient zu machen?

*(Die Antwort auf diese Frage finden Sie auf Seite 95.)*

# Das Freundschaftsspiel

*Bericht für die Schülerzeitung der*
*Lothar-Matthäus-Förderschule, Erlangen*
*von John-Merlin Eberle, 9 b*

Als wir mit unserem Klassenlehrer Herr Weidenbach und Frau Kibies, der neuen Sport-Referendarin, auf Klassenfahrt waren, waren wir im Sauerland. Dort sind wir von einer Jugendherberge zur nächsten gewandert, was sehr anstrengend war, denn wir mussten unsere Rucksäcke tragen. Schon deshalb haben die meisten auf der Fahrt nach Kirchhundem ihre Süßigkeiten aufgegessen.

Am zweiten Tag kamen wir von da nach Oberhundem, wo auch wieder nichts los war. Aber neben der Jugendherberge war ein Bolzplatz, auf dem wir spielen konnten. Da wurden wir wieder munter, trotz der langen Wanderung von fast zwanzig Kilometern.

In der Jugendherberge war noch eine andere 9. Klasse, die kam aus Bremen, was in Norddeutschland liegt und durch Werder Bremen bekannt ist. Die fanden das Sauerland voll bergig.

Wir haben die gefragt, ob sie gegen uns ein Freundschaftsspiel wagen wollten – zwei mal dreißig Minuten.

Nach dem Abendessen, was aus Frikadellen und Rotkohl bestand, haben wir uns auf dem Bolzplatz getroffen. Die hatten sogar ihre Fussballschuhe mit – die mussten sie ja auch nicht tragen, denn die waren die ganze Woche nur in Oberhundem und hatten einen Bus dabei.

Aber wir hätten die trotzdem geschlagen, wenn wir nicht die erste Halbzeit gegen die Sonne gespielt hätten. Außerdem haben die voll unfair gespielt, und der Lehrer von denen hat voll falsch gepfiffen. Als Hassan sich beschwert hat, hat er ihm die rote Karte gezeigt und behauptet, er hätte *du alte Scheiße* zu ihm gesagt. Das stimmte aber nicht, denn ich habe das nicht gehört, und die anderen aus unserer Klasse auch nicht.

Und dann hat mich der linke Stürmer der Bremer gefoult, und der Lehrer hat behauptet, ich hätte bloß so getan als ob, aber er ließe sich von mir nicht verscheißern, und ich kriegte die gelbe Karte.

Zur Halbzeit stand es 0:3, aber eins von den Toren war ein Abseitstor – hat der Lehrer natürlich übersehen! Nach der Pause war die Sonne hinter dem Wald verschwunden, und die Bremer mussten nicht gegen die Sonne spielen wie wir davor – wieder voll unfair. Wir haben alles versucht, aber wir kamen nicht mehr an die ran, schon wegen der Unterzahl.

Die hatten einen Mischling in der Mannschaft, der sitzengeblieben war, also eigentlich ein 10-er Schüler. Der war der beste bei denen. Der hat Luca, unseren Rechts-außen, so geschickt geschubst, dass der Lehrer wieder nichts gesehen hat, und als Luca ihn angeschrien hat, hat er behauptet, Luca hätte ihn *Bimbo* genannt – wieder eine rote Karte. Da hat unser Torwart gesagt, das wäre alles eine abgekartete Scheiße, und wir sind alle reingegangen.

Dann haben die Bremer hinter uns hergegrölt, wir wären voll die Loser, und sie hätten uns 4:0 abgezogen, und wir sollten uns doch verpissen. Aber wenn Herr Weidenbach gepfiffen hätte und wir am Anfang die Sonne im Rücken gehabt hätten, dann wäre es bestimmt umgekehrt gewesen. Außerdem hatten wir keine richtigen Fussballschuhe.

Nachts ging es dann weiter. Die haben uns Zettel mit Beleidigungen unter der Tür durchgeschoben und unsere Mädchen angebaggert. Und das mit der Scheiße auf ihrer Türklinke wären wir gewesen! Aber hallo? – Warum sollten wir sowas tun?

Am nächsten Tag mussten wir nach Schmallenberg wandern, über fünfzehn Kilometer, und wieder mit unseren Rucksäcken. Und dann gab es da – genau wie in Oberhundem – Frikadellen mit Rotkohl zum Abendessen – nicht wirklich lecker. Die hatten auch einen Bolzplatz, aber es gab keinen Gegner für uns.

Insgesamt war die Klassenfahrt zu anstrengend, das Essen konnte man vergessen, und die anderen Klassen in den Jugendherbergen waren alle Asis!

Wir haben Herrn Weidenbach gesagt, wir wollen beim nächsten Mal auch einen Bus und nicht rumwandern, dann können wir auch unsere Fussballschuhe mitnehmen, denn die Bolzplätze waren voll geil!

# Krieges Bruder

„Krieg ist ein organisierter und unter Einsatz erheblicher Mittel mit Waffen und Gewalt ausgetragener Konflikt, an dem oft mehrere planmäßig vorgehende Kollektive beteiligt sind. Ziel der beteiligten Kollektive ist es, ihre Interessen durchzusetzen. Der Konflikt soll durch Kampf und Erreichen einer Überlegenheit gelöst werden."

So liest es sich bei Wikipedia unter dem Suchwort *Krieg*.

Fussball ist ein organisierter und unter Einsatz erheblicher Mittel ausgetragener Konflikt, an dem zwei planmäßig vorgehende Kollektive beteiligt sind. Ziel der beteiligten Kollektive ist es, ihre Interessen durchzusetzen. Der Konflikt soll durch Kampf und Erreichen einer Überlegenheit gelöst werden.

Es dürfte aufgefallen sein, wie wenige Wörter man ändern oder auslassen musste, um mit der Definition des Krieges auch dem Charakter des Fussballspiels gerecht zu werden.

Wer sich über die Ähnlichkeiten dieser beiden Betätigungsfelder noch nie Gedanken gemacht hat, der mag sich ergänzend mit dem Vokabular beschäftigen, das vielfach deckungsgleich eingesetzt wird: Tore werden geschossen, es gibt Gegner, und sie werden besiegt oder geschlagen. Treffer werden erzielt, Niederlagen erlitten. Auch spielt der Aspekt des Nationalen eine erhebliche Rolle, verlorene Spiele scheinen ähnlich wichtig wie verlorene Kriege. Nach verlorenen Spielen wird der Manager gefeuert, bei den Kriegen ist es manchmal die Regierung, vielleicht auch nur die militärische Führung – sofern sie nicht ohnehin Opfer des Scharmützels geworden ist. Marodierende

Banden ziehen plündernd durch die Austragungsorte sowohl des Krieges wie auch der Fussballspiele – im Kontext mit letzteren werden sie zumeist Hooligans genannt.

Natürlich gibt es auch erhebliche Unterschiede zwischen Kriegen und Fussballspielen – so staunt man über das Regelkompendium des DFB, das mit über 120 Seiten keine Fragen zum korrekten Ablauf des Vorgehens offenlässt. Selbst Umfang und Gewicht des Balles werden festgelegt, und zahlreiche Graphiken werden bemüht, um das Kampfgeschehen so zu ordnen, dass alles mit rechten Dingen zugeht. So ein Regelwerk gibt es in Kriegen herkömmlicher Prägung nicht. Lediglich die Genfer Konventionen machen sich immer wieder einmal um die Beachtung bestimmter Übereinkünfte verdient, jedoch scheint es keine durchsetzungsfähigen Schiris zu geben, sodass die Wirklichkeit deutlich hinter dem Anspruch dieser Übereinkünfte zurückbleibt. Ein Blick in die Tagesnachrichten mag diesen Eindruck bestätigen.

Eine Regel allerdings wird in beiden Fällen recht strikt beachtet, wenn auch mit unterschiedlicher Interpretation des Begriffes: Wer im Abseits steht, wird beim Fussball durch lautstarkes Pfeifen geahndet – im Krieg dagegen hat er richtig Glück gehabt. Vielleicht aber wird er auch als Deserteur erschossen, um dann später als Held gefeiert zu werden. Je nachdem ...

Abschließend sei erlaubt zu fragen, ob es stimmt, was die Psychologie vermutet: Das Fussballspiel kompensiert den uns innewohnenden Drang zu aggressiven Verhaltensweisen – kanalisiert gewissermaßen in kulturell halbwegs akzeptabler Form das Bedürfnis, jemand anderen, der ein andersfarbiges Leibchen trägt, zu treten, zumindest aber zu erniedrigen. Entspre-

chende Gesten lassen sich immer wieder beobachten – gereck-
te Fäuste, gestreckte Mittelfinger hinauf zum Fanblock der
Feinde, von dem diese mit wenig schmeichelhaften Transpa-
renten zurückschmähen.

Hier werden bunte Wimpel geschwungen, dort sind es die Ba-
taillonsflaggen. Auch das Pflügen des Spielfeldes in kniender
Position mit Anlauf darf hier als Männchengehabe verstanden
werden – in echten Kriegen geht das allerdings zumeist unmittelbar dem Tod voraus, wird dort auch nicht so publikumsori-
entiert inszeniert. Während auf dem Schlachtfeld ins Gras ge-
bissen wird, wird auf dem Spielfeld ins Gras gespuckt. Wie
war das noch mit dem Feld der Ehre?

Aber gerade solche Parallelitäten sind es, die den genau ge-
genteiligen Schluss nahelegen: Es wird nicht nur Aggressi-
onspotential abgebaut, sondern es schwelt neues, das anschließend auf der Straße, in Kneipen oder Eisenbahnen oder
gar auf der Autobahn ausgelebt wird. Veranstaltungen, die
unter der scheinheiligen Bezeichnung „Freundschaftsspiel"
beginnen, enden durchaus wenig freundschaftlich. Und auch
so mancher Schiedsrichter kann ein trauriges Lied davon sin-
gen, dass man als „Kriegsbeobachter" sehr persönlich betrof-
fen sein kann – wie im richtigen Leben, wo weder blaue Helme
noch rote Kreuze oder weiße Flaggen Unversehrtheit garantieren, und wo es immer auch die Zivilbevölkerung trifft. Dafür
kann er Platzverweise aussprechen – zweifellos ein Vorteil gegenüber den „eigentlichen" Kriegen. Gäbe es dort etwas Ver-
gleichbares, so spielten die Kriegsparteien, die Giftgas einset-
zen, schon lange in der Unterzahl.

Dennoch – machen wir uns nichts vor: Fussball ist des Krieges kleiner Bruder.

# Das Beinahe-Tor

Und wieder gilt's, beherzt den Anstoß zu bestreiten,
der Hoffnungsträger uns'rer Gegner tritt nach vorn.
Kühn mustert er das Feld, bedenkt Gelegenheiten,
dann zielt er wohl, nimmt uns'ren Strafraum auf sein Korn.

Er trifft des Leders Rund mit seinem rechten Spann,
trifft glücklich es mit seiner Jugend ganzer Kraft,
umsetzend, was zuvor er voller List ersann,
damit ein Tor zu treffen seine Mannschaft schafft.

Ein wack'rer Stürmer ahnet das Manöver schon,
zur linken Seite torwärts, ohne nur zu zaudern,
vermeidet er geschickt die Abseitsposition –
der wack're Hüter uns'res Tors sieht es mit Schaudern.

Wo seid ihr, ruft er, die zur Hilf' mir zugesellt,
dem schwarz-rot-güld'nen Tore Schutz zu garantieren!
Nicht vorn, o nein, hier hinten seid ihr aufgestellt!
Verteidiger, wollt ihr, dass wir am End' verlieren?

O-Weh! Ermattet trotz des Spieles kurzer Dauer
kehr'n die Gerufenen nur zögerlich zurück.
Ach, stünden sie doch hier, gleich einer festen Mauer,
dem Tormann uns'rer Mannschaft winkte holdes Glück!

Doch diesem steht die Angst auf seine Stirn geschrieben,
der Gegner schiebt die Kugel ohne Gnade her.
Ach, wären die Verteidiger doch nur geblieben,
allein vereitelt er den Treffer nimmermehr.

Ergeben in sein Schicksal schließt er beide Lider,
seufzt noch ein Stoßgebet zum güt'gen Himmel hoch.
Der Feind erhöht die Spannung seiner straffen Glieder
und gibt der Lederkugel einen letzten Stoß.

Das schwarz-rot-güld'ne Fahnenmeer belebt das Rund,
durchmischt nur hier und da von Feindes trüber Farb.
Der Ball zieht seine hast'ge Bahn zum Tore und –
prallt – Dank dem Himmel – dorten an der Latte ab.

Die schwarz-rot-güld'nen jubeln laut vor heller Freude,
der blasse Feind dagegen reagiert betreten.
Hier wird es deutlich: Steht der Sieg auf Messers Schneide,
hilft dem Verzagten vielleicht inbrünstiges Beten.

# Der arme Hund

Der Hund zu meinen Füßen gehört mir nicht. Er ist mit dem punkigen Fan eingestiegen, der jetzt schräg gegenüber von mir sitzt und Bier aus einer Dose trinkt. Ich wette, er hat nicht einmal ein Ticket, ich meine den Fan – der Hund sowieso nicht, der trägt dafür ein rot-weißes Halstuch. Müsste er nicht ein Halsband tragen und einen Maulkorb, so groß wie er ist? Wieder einer dieser Fälle, wo mein Rechtsbewusstsein empfindlich gestört ist, ohne dass ich den Schneid hätte, etwas zu sagen. Geht mich ja eigentlich auch nichts an. Ich kann mich gut daran erinnern, was mir letztens ein solcher Fan geantwortet hat, als ich ihn höflich gebeten habe, das Rauchverbot auf dem Bahnsteig zu beachten – sehr gut sogar. Es hatte im weitesten Sinne damit zu tun, dass der Bahnsteig groß genug sei, sich irgendwohin zu verpissen, wo es nicht nach Rauch röche und wo man auch sicher sein könne, keine Prügel zu beziehen.

Der Hund dagegen stört mich nicht, und er ist ja ruhig. Was bleibt ihm auch anderes übrig? Wer solch ein Umfeld hat, darf nicht den Boss spielen. Sein Kopf ist gegen meinen Fuß gekippt, leise schnurchelt er vor sich hin. Manchmal zucken seine Pfoten im Traum, als dribbele er zwischen einem Feld voller gegnerischer Hunde hindurch auf deren Tor zu, und von Zeit zu Zeit seufzt er. Dann hat ihm vermutlich jemand den Ball abgenommen. Oder der Schiri-Hund hat ihm eine Karte gezeigt.

Der Punk sitzt mit geschlossenen Augen da, er hat sich Ohrstöpsel in die Ohren gesteckt und döst im Rhythmus irgendwelcher Geräusche, die schwach zischelnd zu mir herüberdringen. Warum eigentlich ist es so oft die miese Musik, die so laut ist – oder kommt sie mir nur deshalb mies vor, *weil* sie so laut ist?

Irgendwann vor Köln Deutz sieht der Fan auf und schiebt seinen Ärmel etwas hoch. Er tippt auf eine hässliche Tätowierung an seinem Handgelenk, Schriftzeichen, die ich nicht entziffern kann und die *„Wie spät?"* heißen könnten. Die Vorstellung gefällt mir, und ich sehe auf meine Uhr. „Viertel nach vier", sage ich. Der Hund blinzelt. Der Punk sieht aus dem Fenster. Der Zug rollt durch den Deutzer Bahnhof und schwenkt auf die Hohenzollernbrücke ein. Der Punk steht auf. Einen Moment scheint es, als könne der Hund sich nicht entschließen, mitzugehen. Dann steht auch er auf und geht hinter dem Punk zur Tür.

Wie erklärt man seinem Hund ein so hässliches Tattoo, wie erklärt man ihm, dass man Punk ist oder Fan einer Fussballmannschaft, die in rot-weißen Trikots aufläuft und deutlich mehr als die Hälfte aller Spiele verliert? Wenn der Hund Glück hat, dann ist ihm das Erscheinungsbild seiner menschlichen Begleitung relativ egal. Dann ist ihm auch egal, welche Farben sein Halsbandersatz hat. Ja, das wird es sein, und Gewinn oder Verlust der rot-weißen Fussballer, Auf- oder Abstieg innerhalb dieser wichtigen Liga – all das interessiert ihn vermutlich genauso wenig wie mich.

Als er aussteigt, sieht er sich kurz nach mir um. Nein, ich nicht, ich fahre weiter.

# Fan-Sein ist kein Zustand

Nein, man *ist* nicht einfach Fan, und damit gut – so einfach ist das nicht. Und das weiß ich nicht etwa, weil ich Fan wäre, sondern weil ich eben *kein* Fan bin. Dafür nehme ich mit der dafür notwendigen Distanz am Leben von Fans als Beobachter regen Anteil, an ihren Freuden und Leiden, ihren Niederlagen und Triumphen. Und oft habe ich mich gefragt, wie ihre Leidensbilanz wohl aussehen mag.

Dabei ging mir zunächst die Frage durch den Kopf, warum ein Mensch sich das überhaupt antut – wozu er es braucht, Fan zu sein von irgendeinem vernunftverlassenen Sportverein – sei es nun Handball oder Eishockey – vor allem aber Fussball. Er könnte ja auch einfach *nicht* Fan sein, oder? Oder braucht er die stetige Erfahrung, etwas mit einer unbekannt großen Menge anderer Menschen gemeinsam zu haben, nicht allein zu sein mit seinem Gefühlsleben – zu wissen, dass auch andere fühlen – ja, mehr noch: zu wissen, *was* sie fühlen?

Nehmen wir einmal einen Verein wie SV Werder Bremen, oder gar den HSV. Um hier sein Herz als Fan zu verlieren, bedarf es sicherlich eines hohen Maßes an Leidensfähigkeit. Das wäre eine Grundvoraussetzung. Doch will ein Fan nicht wenigstens ab und zu „seine" Mannschaft auch einmal siegen sehen?

Warum also läuft er nicht einfach über in das Lager der Fans einer erfolgreicheren Mannschaft? Macht man bei der Börse doch auch, oder? Wäre doch blöd, dauernd Loser-Papiere zu kaufen! Nein, geht für den Fan gar nicht, er ist „seiner" Mannschaft treu – und zu den Bayern gehen? Geht schon gar nicht! Man hat schon gestandene Männer weinen sehen – sei es aus

Freude über einen lang ersehnten Aufstieg „ihrer" Mannschaft um einen Rangplatz in irgendeiner der zahllosen Ligen, sei es aus Kummer über einen gefühlt völlig zu Unrecht gegebenen Strafstoß in der Nachspielzeit eines ansonsten langweiligen Spieles.

Aber zurück zu Werder Bremen. Ich kenne einen Fan von Werder Bremen. Er ist der Sohn eines anderen Fans von Werder Bremen. Der letztere hat seinen Sohn offenbar sehr erfolgreich in das Fan-Sein hinein sozialisiert, noch dazu in das Fan-Sein mit lokalem Bezug: zu Werder Bremen nämlich.

Beide haben auf ihren Smartphones eine App installiert, die sie – sollten sie einmal nicht in der Lage sein, ein Spiel „ihres" Vereins *live* zu verfolgen – unmittelbar über jedes gefallene Tor der Partie in Kenntnis setzt. Und so wissen sie zeitnah, wer ein Tor in der wievielten Minute erzielt hat – und oft genug ist das mit Leid verbunden.

Da ruht das Smartphone in der Tasche, und plötzlich summt oder klingelt es, man zieht es hervor und richtet den hoffnungsvollen Blick darauf – und: wieder ein Stückchen weiter dem Abstieg entgegen. Was für ein Frust!

Und so zittern sie sich von einem Spiel zum nächsten, trotzig und tapfer zu „ihren" Helden haltend, den wackeren Kämpen auf fast verlorenem Posten, am Tropf gelegentlichen Siegesglücks wie Patienten auf der Intensivstation, und dann doch immer wieder gebeutelt von Rückschlägen in Form inkompetenter Entscheidungen böswilliger Schiedsrichter oder – noch schlimmer – Spielfehler einzelner Spieler.

Und so ziehen sie von Stadion zu Stadion, die Fans dieser Welt, zumeist in mehrfarbige T-Shirts in vielen Farbkombinationen gezwängt, unterwegs im unterschiedlichen und doch so ähnlichen Auf und Ab spielerischen Abschneidens „ihrer" jeweils vergötterten Vereine: „... darf niemals untergeh'n!", weht es hinter ihnen her wie ihre schal-dumpfe Alkoholfahne. Warum eigentlich darf der nicht untergeh'n?! – Und könnten sie es denn verhindern? Nein, könnten sie nicht, ob sie nun grölen oder nicht.

Und gerade an diesem Auf und Ab in albernen Tabellen – Fieberkurven wechselnder Gefühle gleich – wird das dynamische Prinzip des Fan-Seins deutlich: Fan-Sein ist kein Zustand – es ist ein Prozess mit vorhersehbarem Ausgang: Ein Fan ist ein Fan – ist ein Fan ...

# BVB – Danke, Papa!

16.05.2014

Gelb-schwarze (oder nein: *schwarz-gelbe!*) Schals und Fähnchen polieren den Lack jedes gefühlt zweiten Autos stumpf, es gibt Aufkleber in allen Größen. Die Autobahn nach Berlin ist voll, der Verkehr fließt zäh. Dann fällt es mir ein: Ja-doch, in Berlin findet irgendein Fussballspiel statt. Dortmund.

Vor mir ein Campingbus. Sein Heckfenster scheint vergittert, durch die Gitterstäbe blickt das lebensgroße Foto von Uli Hoeneß zu den Überholern herüber. Betrübt sieht er aus.

Das kann nur bedeuten, dass der gegnerische Club in Berlin der FC Bayern München ist. Ja, ich erinnere mich. Ich beginne, auf Nummernschilder zu achten. Die bayerischen Autos sind nicht so herausgeputzt wie die der Dortmund-Fans.

Als ich an Hoeneß' Arrestzelle vorbeifahre, sehe ich im hinteren Salonfenster das blasse Gesicht eines Mädchens, das unglaublich traurig durch die überholenden Autos hindurchsieht. Ob sie heimlich Bayernfan ist? Ob sie Chantal heißt? Oder ob einfach nur ihr Smartphone kaputt ist?

Schade, dass ich auf all diese Fragen nie eine Antwort bekommen werde! Aber ich stelle mir vor, wie sie in drei oder vier Jahren anlässlich ihres 18. Geburtstages eine kleine Rede an ihren Vater richtet.

*„Lieber Papa –*
*vielen Dank für die Mühe, die du dir mit mir gegeben hast, auch wenn ich dir früher nicht immer meine Dankbarkeit zeigen konnte.*

Gerade läuft mein Leben noch einmal vor meinem inneren Auge ab – wie ein Schwarz-weiß-Film, oder besser: wie ein Schwarz-gelb-Film. Das erste Geschenk, an das ich mich erinnern kann, war ein Teddybär, fast so groß wie ich, der ein gelbes T-shirt trug mit einem schwarz-gelben Zeichen darauf.

Später dann bekam ich selbst diese T-shirts, Schirmmützen, Schals und Schminkstifte in schwarz und gelb. An zahllosen Wochenenden sind wir zu Campingausflügen aufgebrochen, haben nette Campingnachbarn kennengelernt, mit deren Kindern ich Fussball spielen durfte. Noch heute fehlt mir am linken Schneidezahn die Ecke, die mir ein Junge dabei abgeschlagen hat. Ich glaube, er hieß Marcel.

Meine Kindheit und Jugend waren geprägt vom Geruch von Diesel, schwarzen Grillwürstchen mit gelbem Senf und Bier, vom Freuden- oder Wutgeheul der Fans vor ihren Fernsehern – unvergesslich.

Besondere Höhepunkte waren jedes Mal die Stadionbesuche. Während meine Freundinnen zu Reitturnieren oder Tennisspielen fahren mussten, durfte ich zwischen dir und Mama sitzen, mit einem gelben und einem schwarzen Turnschuh, dem gelben Vereinshemd und schwarzen Jeans. Ich habe dabei so viel gelernt, ich weiß jetzt mehr über die Menschen und ihre Schwächen und Stärken, als mir in der Schule beigebracht worden ist. Auch dafür vielen Dank.

Und während meine Freundinnen montags von ihren Wochenend-Partys erzählten, war ich noch erfüllt von der vibrierenden Stimmung im Stadion zwischen zig-tausend Fans, die wie ein Mann für ihren BVB brüllten.

Als wir zum Beispiel damals in Berlin gegen Bayern 0:2 verloren und du die ganze Nacht geweint hast – wie gerne hätte ich *dich da getröstet und gesagt:* Ist doch nur Fussball, ist doch nur ein Spiel! *Aber das kam natürlich nicht in Frage. Du wusstest genau – wenn der Schiri dieses Tor gegen Bayern gesehen hätte, dann wäre das Spiel anders gelaufen, dann hätten wir eine faire Chance gehabt. Ja, WIR! Das hast du immer gesagt, wenn vom BVB die Rede war.*

*„Und bring mir ja kein' Schalke-Fan nach Hause", hast du immer gesagt und dich beherzt zwischen Männer dieser Orientierung und meine Jungfräulichkeit gestellt. Denn die Fans anderer Vereine waren Feinde, und Leute ganz ohne Interesse an Fussball waren überhaupt keine Menschen.*

*Ja, Papa, für all das vielen, vielen Dank. Du hast getan, was du konntest.*

*Ab heute allerdings haben die Farben schwarz und gelb bei mir Hausverbot. Ab heute darf ich wählen."*

Ja. So stelle ich mir die kleine Rede vor, die Chantal an ihrem achtzehnten Geburtstag hält. Aber nein, geht es mir dann durch den Kopf – nein. Chantal heißt sie nicht – nicht, wenn sie eine solche Rede hält ...

# Wurst und Spiele

Beißender Gestank zieht in blassen Schwaden durch die Nachbarschaft. Wenn das, was da brennt, auch nur halb so schlecht schmeckt wie es riecht, ist mir unverständlich, warum diese Form der Nahrungszubereitung nicht schon vor langer Zeit zusammen mit den Neandertalern ausgestorben ist. Dieser Gestank wird nicht das Einzige bleiben, das mich angemessen auf die nächste Weltmeisterschaft einstimmt. Leider nicht!

Seit Wochen wird es immer schwieriger, Produkte zu kaufen, die *nicht* mit schwarz-weißen Flecken aufgebrezelt sind und so darauf hinweisen, dass ihre Hersteller „unsere" Teilnahme an der „Weh-Emm" mit Wohlwollen begleiten, vielleicht sogar mit Sponsorleistungen. Mir doch egal!

Einige Anbieter – zum Beispiel die von schwarz-rot-goldenen Nudelnestern – konnte ich problemlos austauschen, andere Produkte habe ich bis zum Ende des allgemeinen Taumels ersatzlos von meiner Einkaufsliste streichen müssen. Ich hoffe, dass hinterher niemand mit Slogans wirbt wie „Wir sind Weltmeister, und das ist auch gut so!" oder „Wir haben zwar das Endspiel nicht erreicht, aber wir haben echt daran geglaubt!" oder „Kauft unseren Käse, denn wir haben für Deutschland gekäst!".

Die aus anderen Kulturräumen eingeführte Hysterie bezüglich der Landesfarben treibt verblüffende Blüten. Wie viele Quadratkilometer Autodächer oder -türen derzeit in sinniger Zusammenarbeit von Fahrtwind und Flaggenstoff stumpfpoliert werden, lässt sich kaum erahnen. Schals, Schminke, ja, selbst Haare sind nationalgefärbt, Betttuch-große Fahnen baumeln schlapp an Häuserwänden. Quadratkilometer roten, gelben und schwarzen Stoffes spannen sich durch das Land, einheitlich aneinandergenäht, endlich darf man mal Farbe bekennen, ohne gleich als Nationalist anrüchig zu werden. Wäre es nicht schön, wenn wir auch außerhalb sportlicher Peinlichkeiten ein Bewusstsein für das Wohlergehen unseres Gemeinwesens entwickelten, wenn wir zum Beispiel durch eine höhere Wahlbeteiligung dokumentierten, dass wir Einfluss auf unsere Geschicke nehmen wollen und dass unser Land uns am Herzen liegt?

Die erste Meldung der stündlichen Nachrichten dreht sich morgens um Fussball, so als gäbe es nichts eigentlich Wichtiges in unserem Land oder darum herum. Ich würde das ganze Getue ja noch als positiv betrachten, wenn ich dadurch wenigstens draußen im Garten meine Ruhe hätte – niemand mäht Rasen, die Großbildschirme lassen sich nicht mehr so leicht auf die Terrassen meiner Nachbarn schleppen, und ein fast heiliger Frieden senkt sich über das Land. Hofft man.

Doch dann gibt es irgendeine ungenutzte Torchance der einen oder anderen Mannschaft – oder sogar ein Tor! – und aus zahlreichen geöffneten Fenstern ertönt ein Aufschrei. Seine Einheitlichkeit hat etwas Absurdes. Menschen, die sich vermutlich nicht einmal kennen, brüllen gemeinsam auf – nicht nur in meiner Nachbarschaft, nein bundesweit. Wahrscheinlich ziehen sie auch gemeinsam an ihren Zigaretten, stippen schwarzgegrillte Bratwürste in angetrockneten Senf oder greifen im Rhythmus des Spiels zur Flasche. Alle laufen nach links – Schluck. Alle laufen nach rechts – Schluck. Bier und Spiele. Schwarze Wurst, rotes Ketchup, getrockneter gelber Senf und Spiele.

Kann der Ausgang einer Welt- bzw. Europameisterschaft eigentlich irgendetwas bewirken, außer vielleicht einer vorübergehenden Hochkonjunktur bei Fahnenherstellern, Brauereien, Metzgereien und Senffabrikanten? Geht es irgendjemandem besser nach irgendeinem Sieg? Hat sich nach der letzten „Weh-Emm" irgendetwas geändert? Nebenschauplätze. Was wirklich wichtig ist, steht immer nur im Kleingedruckten, und das liest keiner.

Ob „wir" nun Fussball-Welt- respektive Europameister werden oder nicht, im undokumentierten Wettkampf der Disziplin „Synchronbrüllen" jedenfalls hätten wir gute Chancen.

König Fussball regiert unsere Welt, und solange es Bier und Spiele gibt, wird es schon irgendwie weitergehen.

# Ey, hömma!

„Ey, hömma! Dat kannze hier nich bring', mein Lieber, hier nich!" – habbich zu dem gesacht. Na, erß haddich den doch gar nich geseh'n, der saß da so am Rand rum und hat sich nich viel beweecht, kuckte so raus in'n Park, als ginge den dat alle nix an. Abba dann, als die andern bei uns im Strafraum auftauchten und der da saß wie'n Felz inne Brandung, da kricht' ich auf eima mit, wat da abging!
„Ey, hömma zu – ja, du da – dat kannze hier nich bring', ich lass mich hier nich provozier'n!" Aber meinze, der stört sich dadran? Ich sach: „Dat is unsa Spiel, dat lass ich mir von solche Solidaritätsverweigerer wie dir schon lange nich vermiesen! Jetz kuck gefällichst inne richtige Richtung – *da* spielt de Musick!" – und ich zeich noch so da rüber, wo die Leinwand hängt, aber meinze, der kümmert sich dadrum? Döst doch glatt weiter raus in'n Park!
Bin ich rüber und hab mich vor dem aufgebaut: „Jetz pass ma auf", habbich gesacht, „wenn dir dat hier nich passt, dann bleibße besser zu Hause! Hier wird nämlich Fussball gekuckt, und zwa für Deutschland. Du kannz hier nich einfach nur abhäng' und Bier inne Birne kippen wie sonz, heute spielt unsere Elf, da brauchen wir hier kein', der so tut, als wär dat egal!"
Und weiße wat? Da steht der auf, schmeißt zwei Euro aum Tisch und geht, einfach so. „Ey, jetz hör ma gut zu: Komm mir nich mit diese Psychoscheiße – De-Eska-äh-zionstraining oder wat! Dat hat mir grade noch gefehlt, verstehße? Dat kann ich nämlich auch!"

Aber dann wurdet im Stadion wieda laut, musstich wieder kucken, sonst hättich mir den ma richtich vorgenommen. Ich
lass mich doch von so ein verschissener Hippie nich provozie-
ren, schon gar nich, wenn ich mit mein Rudel Fussball kucken will!

(Es soll sogar Menschen geben, die die Zeit während der besonders wichtigen Spiele dazu nutzen, schnöden Vergnügens
wegen ihr Verdeck herunterzuklappen, coole Musik aufzule-
gen und einfach so durch die Landschaft zu cruisen – unglaublich sowas! Wenn das jeder machte, dann – äh – ja, dann
wäre es da so voll wie immer ... Also Psssst!)

# Die Angst des Tormanns

Als Schlussmann hat man heute mich erkoren,
ich stehe auf des Rasens feuchtem Grund.
Mein Auftrag ist Verhinderung von Toren,
der Platz vor mir ist grün, der Ball ist rund.
Und ohne Zagen trage ich mit Würde
des Tores Hüters schweren Amtes Bürde.

Gespannt verfolgen meiner Augen beide,
wie unser Schiri seine Pfeife hebt:
Nun bläst er rein, und bis ins Eingeweide
die wack'ren Mannen dieser Pfiff durchbebt.
Und noch bevor ich Zeit zur Überlegung
recht finden kann, ist alles in Bewegung.

Gleich einem Uhrwerk scheint das Spiel zu laufen,
wie Räderwerk greift fugend Bein in Bein,
in Schweiß getaucht hört man die Recken schnaufen,
es muss dabei der eig'ne Schweiß nicht sein:
Hier sieht man einmal mehr, warum es heißt,
dass so ein Fussballspiel zusammenschweißt.

Das eh'mals weiße Leder färbt sich grau,
manch wohlgezielter Tritt hat's abgenutzt.
Am Körper klebt der Trikotage Blau,
inzwischen nass von Regen und beschmutzt.
Die Trainer ziehen die Kapuzen auf,
dann nimmt das Schicksal seinen düst'ren Lauf.

Noch unerschrocken seh' ich ihm entgegen,
als sich der Feind in uns're Hälfte wagt.
Noch ist es Zeit, zurück sich zu bewegen,
den Gegner abzufangen unverzagt.
Wenn jetzt nur Hilfe in der Nähe wär',
doch ach, die Freunde laufen hinterher.

Und näher sehe ich die Feinde kommen,
und lauter schreit der Fan-Gemeinden Schar.
Ich tripple hin und her, vor Angst benommen –
Sag, dass ich träume, sag, es ist nicht wahr!
Doch wird zuteil mir keines Traumes Gnade –
ich lieg im Dreck, der Ball im Tor – wie schade!

# Das Ende der Krise

Außer einer Schwester und seinem Stiefvater war niemand von Teddis Verwandtschaft zu seiner Beerdigung gekommen, und beide hatten unmittelbar nach der Beisetzung den Friedhof verlassen. Sein Bruder – hieß es – sei verhindert. Der feine, aber beharrliche Nieselregen hatte die ohnehin gedrückte Grundstimmung noch um einige Nuancen verdüstert, und nun saß der Kern der kleinen Trauergemeinde im Klublokal des KdFFV-36 und gab sich bei Kaffee und Streuselkuchen allgemeinem Kummer hin.

Teddi war der letzte Torwart des Klubs gewesen, und er hatte sich ebenso wacker gehalten wie viele der Bälle, die gegnerische Mannschaften auf seinen Kasten geschossen hatten. Umso tragischer war sein Tod gewesen. Er hatte im Tor seiner Garage gestanden, um seinen Bruder einzuwinken, als dieser einen Geländewagen hatte hereinfahren wollen. Dabei war dem Bruder der Fuß von der Kupplung gerutscht, und so hatte Teddi sein Leben an der Rückwand der Garage ausgehaucht – ein letztes Tor, das er nicht hatte halten können.

Die Frage, was Teddi und seinen Bruder zu dem Manöver in der Garage veranlasst hatte, hatte niemand gestellt – alle wussten, dass die beiden sich mit kleinen Autoreparaturen Lakritztaler verdienten, wie sie ihre unversteuerten Einkünfte liebevoll genannt hatten. Schließlich konnte der KdFFV-36 schon lange keine ordentlichen Spielergehälter mehr bezahlen, vom Einkauf hochrangiger Frischware ganz zu schweigen. So war man schon in der vierten Saison auf den guten Willen des verbliebenen Kaders von zwölf Spielern angewiesen, die sich mit verblüffender Beharrlichkeit durch alle Ligen der Republik nach unten gespielt hatten. Nun saßen sie wie Blei unterhalb der sechsten Spielklassenebene und hatten die Hoffnung auf einen Aufstieg längst aufgegeben.

In anderen gesellschaftlichen Kreisen pflegt man die mit dieser Intensität von Hoffnungslosigkeit einhergehende psychische Befindlichkeit als Depression zu bezeichnen, und insgeheim hatten einzelne Mitglieder der Mannschaft – ja, sogar der Coach selbst – schon professionelle Hilfe aufgesucht. Aber gegen die Mechanismen des Sports ist man machtlos: kein Erfolg – keine Fans; keine Fans – kein Geld; kein Geld – kein Spielermaterial; kein Spielermaterial – kein Erfolg. Hier biss sich die Katze in den Schwanz, und jeder Einzelne von ihnen hatte das deutliche Gefühl, lange genug der Schwanz gewesen zu sein.

Aber was hatten sie für Alternativen? Keiner der Spieler – und natürlich auch nicht der Coach – hatte irgendeine Art von Marktwert, für niemanden von ihnen hätte ein anderer Club auch nur einen Cent Ablösesumme gezahlt. Und jetzt waren sie unten – ganz unten. Mit Teddi war ausgerechnet der von ihnen gegangen, der noch für etwas Zusammenhalt gesorgt hatte, der sie telefonisch zusammengetrommelt hatte, wenn irgendein Energieversorgungswerk der Umgebung eine Deppenmannschaft für ein Freundschaftsspiel gesucht hatte, die immer gut für eine Niederlage war. Er hatte sogar meistens einen kleinen Bus aufgetrieben, mit dem sie mobil gewesen waren – alles verloren mit seinem Ableben.

Gerade hatten die ersten Spieler begonnen, ihren Kaffee mit Weinbrand zu verdünnen, da wurde Manni sich seiner Funktion als Trainer bewusst. Umständlich erhob er sich, wischte sich mit dem Handrücken die letzten Kuchenkrümel vom Gesicht und sah mit bedeutungsschwerem Blick in die Runde.

Er brauche ihnen wohl nicht zu sagen – keinem von ihnen brauche er zu sagen, was Teddis Tod für sie alle bedeute. Teddis Tod bedeute abgesehen vom persönlichen Verlust einen schicksalhaften Einschnitt in die Klubgeschichte des KdFFV-36. Teddis Tod gebe Anlass nachzudenken. Er sei es an dieser Stelle seiner Mannschaft schuldig, die er – und die ihn – so lange treu begleitet habe durch Siege und Niederlagen hindurch (auf den Zwischenruf „Welche Niederlagen?" reagierte er nur mit einer kaum merklichen Pause) – sei er es ihr schuldig, dass er seinen Posten zur Verfügung stelle.

Die wackeren Mannen starrten ihn an.

Ja, fuhr er fort, mit einem Aufstieg in die sechste Spielklassenebene rechne er in der kommenden Saison ebenso wenig, wie es in der nun zu Ende gehenden danach ausgesehen habe, und er wolle unter diesen Vorzeichen nicht mehr im Wege stehen, falls ein anderer an seiner Stelle sie vielleicht zum Erfolg führen könne. Einen Moment lang war es still.

Dann machte Rollo, der linke Verteidiger, eine Bewegung mit der Hand, und alle sahen ihn an.

Er werde mit dem Ablauf der Saison nicht mehr zur Verfügung stehen, sagte er leise, er habe beschlossen, im Betrieb seines Schwiegervaters zu arbeiten, er werde dort im Bereich Objektschutz wirken. Als jemand „Nachtwächter!" sagte, fragte er drohend, wer das gesagt habe, bekam aber keine Antwort. Nun war es, als löse sich ein Knoten. Mehrere der Spieler nickten, murmelten etwas.

Bennis Stimme drängte sich in den Vordergrund. Er war der Libero. Er zeigte auf ein paar seiner Mitspieler. Aber sie seien doch alle schon eigentlich woanders – nicht unter Vertrag, das nicht, sondern mit dem Sport fertig. Flick, so fuhr er fort und zeigte auf einen schlaksigen Mitt-Dreißiger, Flick habe doch kaum noch Zeit, dauernd sei er auf Montage! Und Dennis sei auch nicht mehr motiviert. Schließlich sei er die letzten drei Spiele dermaßen zu spät gekommen, dass er – Benni – sofern er denn der Trainer gewesen wäre, ihn – Dennis – für den Rest der Saison auf die Reservebank gesetzt hätte.

Manni lachte auf. Für eine Reservebank habe man schon seit zwei Jahren nicht genug Mitglieder. Es sei wohl eher ein Reservestuhl. Und er könne es auch niemandem verdenken, der allmählich keinen Bock mehr habe, sich im Freundeskreis lächerlich gemacht zu sehen. Sein Vater habe ihm nun schon zum sechsten Mal die Übernahme der Schreinerei angetragen, in der er ja ohnehin schon immer als Geselle tätig sei. Dann werde er zum Fussballspielen auch keine Zeit mehr haben.

Ossi nickte bedächtig. Er war kein Mann vieler Worte. Entweder nickte er, oder er schüttelte den Kopf. Letzteres tat er vornehmlich im Zusammenhang mit seinem Abend-Job, der darin bestand, in einer Art Diskothek nicht jeden einzulassen, gewissermaßen in Fortsetzung seiner früheren Funktion als zweiter Torwart des KdFFV-36. Dass er nun an Teddis Stelle rücken würde, hatte er durch Kopfschütteln abgelehnt, und niemand hatte versucht, ihn zu überreden. Es hieß, er wolle einen Swingerclub eröffnen.

Kevin, der Schönling der Mannschaft, jobbte bereits nebenbei als Fitnesstrainer, Skilehrer und Modell für Herrenunterwäsche, und er deutete an, er habe einen Vertrag unterschrieben, der ihn dauerhaft an München binden werde, immerhin gut vierhundert Kilometer entfernt.

Plötzlich senkte sich – einer Gewitterwolke gleich – die Erkenntnis über die kleine Trauergemeinde, dass es nun nur noch eine Perspektive gab: Der KdFFV-36 musste sich auflösen. Dazu musste der noch bestehende Werbevertrag mit der örtlichen Brauerei abgewickelt werden, aus dieser Richtung waren Rückforderungen zu befürchten.

Sodann musste der Mietvertrag für das Stadion gekündigt werden. Hier konnte man mit einer teilweisen Rückerstattung der Miete für das laufende Kalenderjahr rechnen. Schließlich musste das Klubvermögen aufgelöst werden, es würde sich nach Abrechnung der vorgenannten Posten um einen zweistelligen Eurobetrag handeln, den man spontan zu versaufen beschloss.

Inzwischen war kein Kaffee mehr im Weinbrand, und in der entsprechenden Stimmung schlug Manni plötzlich vor, man solle sich doch im Rahmen eines Freundschaftsspiels gegen die Mannschaft des örtlichen Eisenwerkes förmlich von den letzten treuen Fans des KdFFV-36 verabschieden, das gehöre sich so, und nach einer immerhin gut achtzigjährigen Klubgeschichte könne man sich nicht einfach so vom Platz stehlen, oder? Oder was?!

Dieser Vorschlag wurde lautstark begrüßt, nur Ossi nickte wortlos, was seine Klubkameraden als Bereitschaft verstanden, für dieses eine letzte Spiel seine vierschrötige Gestalt noch einmal ins Tor zu stellen. Kevin schüttelte verträumt den Kopf und murmelte, er wisse gerne, was Teddi wohl zu dieser Wendung gesagt hätte, hätte er sie noch erleben dürfen.

Ein letztes Mal kreiste die Weinbrandflasche, wurde über der letzten Tasse förmlich ausgewrungen, und der KdFFV-36 feierte in überraschend gelöster Stimmung das Ende der Krise.

# FC Schalke

(Der folgende Text kann gesungen werden nach der Melodie des Liedes „*Mendocino*" von Michael Holm)

Auf der Straße nach Gelsenkirchen,
da stand eine hübsche Frau im Nieselregen.
Ich hielt an und fragte „Was is?"
Sie sagte: „Bitte nimm mich mit, ich wohn auf Schalke."

Ich sah ihre Jacke, ich sah ihre Kappe,
darauf das blöde runde blau-weiße Wappen.
Sie sagte: „Wir könn' uns gern wiedersehn!"
Doch ich fragte sie nicht mal nach ihrem Namen.

FC Schalke, FC Schalke,
die blöde Kuh ist Fan vom FC Schalke!
Da geh ich nicht dran, die pack ich nicht an,
wer will schon einen Fan vom FC Schalke?!

1000 Träume bleiben ungeträumt,
und 1000 Küsse werde ich ihr nicht schenken.
Ich könnte nie mit ihr ins Bett,
an einen Schalke-Fan mag ich nicht 'mal denken!

FC Schalke, FC Schalke,
die blöde Kuh ist Fan vom FC Schalke!
Da geh ich nicht dran, die pack ich nicht an,
wer will schon einen Fan vom FC Schalke?!

FC Schalke, FC Schalke,
die blöde Kuh ist Fan vom FC Schalke … *(Fade-out)*

# Mein Verein gewinnt immer

Eigentlich gehe ich nie zu Fussballspielen. Ich war auch noch nie in einem Stadion – bis auf vor ein paar Wochen. Da konnte ich nicht anders.

Mein Nachbar suchte jemanden, der mitgehen konnte, da sein Kumpel verreist war – das Spiel war irgendwie verschoben worden oder einfach nur ungeschickte Urlaubsplanung – keine Ahnung. Na gut, dachte ich, wenn ich schon keine gute Meinung über Fussball habe, dann kann ich sie wenigstens durch einen solchen Besuch festigen. Ein Urteil ist allemal besser als ein Vorurteil, oder?

Bin ich also mitgegangen. Ich kann unmöglich den Spielverlauf wiedergeben, aber ich habe sehr aufmerksam verfolgt, wie alle Köpfe um mich herum sich immer in die gleiche Richtung bewegten, wie auf ein geheimes Kommando gehorchend, ein kollektives Drehen nach rechts oder links, eine Choreographie für Köpfe. Auch der Lärmpegel war offenbar synchronisiert, ein An- und Abschwellen, ein Stöhnen aus zahllosen Kehlen.

Und unten auf dem Platz – wie auf einem kleinen Ameisenhaufen mit zwei Dutzend bunten Ameisen, die hin und her wuseln, als hätten sie einen Plan – liefen die Spieler hin und her, immer genau dahin, wo die Blicke der Zuschauer sie hinzulenken schienen.

Aus der zeitlichen Dauer zwischen zwei Toren schloss ich, dass es sehr schwierig sein muss, eins zu schießen, denn nicht nur die gegnerische Mannschaft, sondern auch komplizierte Regeln erschweren diesen Erfolg. So begann ich, bei jedem der wenigen Tore die Arme hochzurecken und einen kleinen Beifallsschrei auszustoßen: „*JAA!*"

Mal für links, mal für rechts.

Irgendwann stieß mich mein Nachbar an und fragte: „Sag mal, für wen brüllst du hier eigentlich?"

„Unterm Strich? Das weiß ich doch jetzt noch nicht", sagte ich wahrheitsgetreu, „mal sehen, wer gewinnt."

„Soll das heißen, dir ist egal, wer gewinnt?"

„Bis zum Schluss schon, aber dann nicht mehr. Denn ich halte in jedem Fall zu der Mannschaft, die gewonnen hat. Ich habe doch keinen Bock, mich von Losern enttäuschen zu lassen. Bin ich Maso, oder was? Ist doch ganz einfach: Wer gewinnt, ist mein Verein. Machst du das denn anders?"

Mein Nachbar hat mir nicht geantwortet, und ich vermute, dass er mich nicht noch einmal zu einem dieser Spiele mitnehmen wird. Unter uns: Das ist mir auch ganz recht. Denn das eine Spiel hat völlig gereicht, um aus meinen Vorurteilen Urteile werden zu sehen: Alle rennen rum, und die Mannschaft mit mehr Treffern gewinnt – beim nächsten Mal sind es dann vielleicht die anderen.

Nur Bayern und der HSV sind sich treu, wenn ich das richtig verstanden habe: Die einen gewinnen fast immer, die anderen fast nie. Also wenn ich mich festlegen müsste, dann wäre ich schon eher für die Bayern.

Aber was ich immer noch nicht verstanden habe ist, warum das irgendwie so bedeutsam ist, dass sich die Fans dafür gegenseitig was auf die Ohren geben.

# Sense

Es ist nicht leicht, Sense zum Reden zu bringen, denn er versteht sich als Sportler – trotz allem. Und das ist auch der Grund, warum Alkohol meist nicht das Mittel der Wahl ist, seine Zunge etwas zu lösen, aber wenn es draußen so richtig warm ist, und wenn man ihn in der Nähe eines Biergartens erwischt, dann kann es schon einmal sein, dass er vergisst, dass man da auch Apfelschorle bekommt. Und nach drei oder vier Bierchen – Sportler vertragen ja nicht so viel, wegen mangelnden Trainings in der Halbliter-Klasse – ist der richtige Zeitpunkt gekommen, ihn nach der Herkunft seines Spitznamens zu fragen, so als wüsste man das nicht schon längst.

Und wenn er dann bedächtig mit dem Daumennagel das taunasse Etikett der Flasche zu schälen beginnt und dabei leise in sich hineinlächelt, dann braucht man nur noch einen Moment zu warten.

„Das ist – weil – ich geh ja ran. Nich so wie die anderen. Klar, Sportsgeist und so, fair-play, der ganze Scheiß, aber mal im Ernst, was bringt das denn? Wir woll'n doch gewinnen, oder nich?"

Er macht eine kurze Pause, dann spricht er weiter: „Eigentlich kann ich gar nich Fussball spielen, so strategisch oder sowas, ich bin mehr fürs Grobe. Ich geh den Star der gegnerischen Mannschaft an, tret dem vor die Knochen, und das war's. Das geht so schnell, da kriegt der Schiri gar nix von mit. Dann werd ich ausgewechselt, und wir punkten. Und wenn ich wirklich mal ne Karte seh, dann ist das ja kein Verlust." Sense trinkt den Rest aus der Flasche, und ich winke der Kellnerin.

„Das ist echt geil, vom spielerischen Können her, ja? Vom Spielerischen her gesehen, da wär ich nichmal in der Kreisliga, ich hab noch nich ein einziges Tor geschossen – noch nie, nich eins. Aber ich kann Gegner ausschalten, ohne dass der Schiri das mitkriegt."

Er greift nach der neuen Flasche und schabt nach einem ausgiebigen Schluck versonnen das Etikett ab, vom unteren Rand beginnend langsam nach oben, erst eine Schneise durch die Mitte, dann die stehengebliebenen Bereiche.

„Ich wär auch schon weitergekommen als in die Verbandsliga, wenn nich da oben immer die Kamerateams vom Fernseh'n dabeiwär'n. Die machen den Sport kaputt, echt. Alles wird aus drei-vier Blickrichtungen festgehalten, in Zeitlupe wiederholt und alles, da käm ich nich mehr klar. Aber letzte Weltmeisterschaft, da in Brasilien, da hätte ich gute Chancen gehabt, die haben ja praktisch nix gepfiffen. Wenn wir das vorher gewusst hätten, der Jogi und ich, dann hätte der mich glatt eingesetzt. Das hat er mir auch gesagt, noch die Tage am Telefon. Sense, hat er gesagt, wenn i däs g'wusst hätt – tchchchch – was da alles durchgeht, dann hädsch du uns die Verlängerung erspare könne."

Sense schüttelt traurig den Kopf und setzt die Flasche noch einmal an. Inzwischen hat er das Etikett zu feuchten Krümeln verwandelt.

„Ja, schade das. Allein die Siegprämie – 300 Riesen pro Mann, da wär ich gern dabei gewesen."

# Denke ich, bloß weil ich bin?

Manchmal versuche ich mir vorzustellen, was im Gehirn eines Sportlers während der Ausübung seines Sportes so passiert. Welche Gedanken begleiten wohl sein Tun?

Mal ein Beispiel. Ich versetze mich mit etwas Mühe in die Situation eines Radrenn-Profis, der seine täglichen zweihundert Trainingskilometer herunterspult. Sechs oder sieben Stunden das Kreuz gebeugt, den Blick schräg nach unten gerichtet, seine Aufmerksamkeit auf ein Spektrum von Eindrücken fokussiert, das von Pfützen über Glasscherben und Rentnerdackel bis hin zu Wetterveränderungen, Lastwagen und Durst reicht. Beschäftigen ihn nach den ersten zwanzig Kilometern Gedanken wie „Wenn mir zwischen Keuchenstein und Hechelberg wieder die Kuhscheiße gegen die Beine spritzt, muss der Ruddel mir doch mal 'ne andere Strecke ausarbeiten!", oder hadert er schon kurz hinter Hechelberg, bei der Abfahrt vom gefürchteten Gelsattel, mit der neuen 27-Gang-Schaltung, bei der der 18-te Gang „immer noch einen Zahn zu kurz ausgelegt" zu sein scheint?

Wenn aber nun Fragen ähnlicher Tiefe für Stunden sein Gehirn absorbieren, mit welchem Körperteil fällt er Entscheidungen wie „Wen wähl' ich denn nun bei der nächsten Kommunalwahl?" oder „Was schenk ich denn der Kathi zum Geburtstag?" oder „Macht Rap mich taub?"? Ich habe da noch keine befriedigenden Antworten bekommen.

Na, vielleicht ist Radrennsport auch kein so gutes Beispiel. Was könnte denn noch – nein, an Fussball habe ich nun wirklich nicht gedacht. Denn dass Fussballer bekennende Nicht-

Denker sind, weiß jeder, der versucht hat, einem der zahllosen Vor-dem-Spiel-, Nach-dem-Spiel- oder Nach-dem-Spiel-ist-vor-dem-Spiel-Interviews zuzuhören, die die Medien mit zynischer Grausamkeit über uns Konsumenten ergießen. Wenn ich denke, dass es da eine Art Sieb gibt, in dem das absolut Unausstrahlbahre hängenbleibt, möchte ich noch froh sein. Auf diesem Feld (*sic!*) tun sich nicht nur die Spieler und Trainer sehr unfreiwillig komisch hervor, sondern auch die Kommentatoren. Wie anderenorts erwähnt: Dazu finden sich im Internet ganze Sammlungen sehr unterhaltsamer Zitate. Alle die Großen der Branche haben sich hier Denkmäler gesetzt.

Also bei Fussball auch nichts. Sollten wir etwa beim nachdenklichen Angler verweilen? Aber ist das überhaupt ein Sport – aus der Sicht des Fisches vielleicht noch am ehesten. Angler denken vermutlich komplementär zum Fisch: Wie krieg ich den Fisch? Und der Fisch denkt: Wie frustrier ich den Angler? Und das soll alles sein? Hat die Evolution Gehirne entstehen lassen für nichts anderes als das?

Na schön, dann eben Schach. Von Schachspielern heißt es, dass ihr Gehirn wahrhafte Akrobatik vollbringt. So versetzen wir uns für einen Moment in den Schachsportler und starren auf das Brett, über dessen anderer Seite unser Kontrahent thront und leise rülpst. Dabei verbläst er einen derart penetranten Zwiebelgeruch, dass die Tapete auf den Wänden Blasen wirft. Natürlich wissen wir, dass das seine Masche ist, um uns aus dem Konzept zu bringen, aber nicht mit uns – ähm – aus welchem Konzept überhaupt? Hatten wir eins? Wollten wir den Springer nun im siebten Zug opfern, oder brauchen wir den noch im einundzwanzigsten Zug auf f7, um seine Rochade zu knacken? Es stinkt nach gerülpsten Zwiebeln.

Klar, das Gehirn eines Schachspielers arbeitet auf höherem Niveau als das von Fussballern, Radprofis oder Fischen. Aber wie mir ein Freund glaubhaft erzählte, dessen Vater lange Jahre Profi-Schachspieler war – bevor er eines Tages mitten im Turnier den Tisch mit einer angefangenen Schachpartie umgeworfen hat und aus dem Saal gestürmt ist, des Zwiebelgestankes wegen – so glaubte er sich mit seinem Vater während eines Spazierganges in einer ernsthaften Unterhaltung über das für den kommenden Tag zu erwartende Wetter, als sein Vater auf die Frage nach seiner Einschätzung zu diesem Problem sinnend stehenblieb und nach einer Weile murmelte: „Den kann ich nicht schlagen, sonst bin ich in sieben Zügen matt!" Offenbar steht für lebenspraktische Fragestellungen auf der Festplatte eines Schach-Rechners kein Speicherplatz zur Verfügung, nicht einmal bei Ex-Schach-Rechnern.

Apropos Ex: Was machen sie eigentlich, all die Franzls, Diegos, Seppls und Ollis, wenn Kick und Bums weg sind? Geistig, meine ich?

Genau weiß das keiner, aber vielleicht versetzt Sport das Gehirn nachhaltig in einen Zustand geduldig-dumpfen Gleichmutes, der das seelische bzw. intellektuelle Pendant zu den Schwielen darstellt, die ein Reckturner an den Händen entwickelt, ebenso wie diese zum Schutz der darunterliegenden, möglicherweise empfindsameren Schichten bestimmt.

Vielleicht ist ja künstliche Intelligenz ein Ausweg – sie mag in höherem Maße kompatibel sein mit der für die naturgegebene Intelligenz offenbar nicht recht vereinbaren Dauerbesportung. Und die ließe sich ja möglicherweise irgendwie als eine Art IQ-App-Upgrade in Sportlergehirne implantieren – eines Tages. Wer weiß ...

# „Forscher blasen Fußballergehirn auf"

Diese Ankündigung war Ende März 2017 im Internet zu finden.

Zuerst fiel mir der alte Witz ein: Wie bekommt man das Gehirn einer Blondine auf das Format einer Erbse? Aufblasen. Haha.

Was, dachte ich, geht das auch bei Fussballern? Kann es so schlimm sein? Aber dann habe ich einmal mit einem geradezu schmerzhaften Maß an Wissensdurst recherchiert und bin zu dem Schluss gekommen: Doch, es kann. Wer so etwas auch erleben möchte, kann im Internet unter dem Stichwort „Fußballerzitate" ein Füllhorn unfreiwilliger Komik abrufen, das auch Sportreporter und Kommentatoren in wahrhaft selbstloser Weise aufgefüllt haben. Ein besonders schönes ist mir kürzlich untergekommen: „Wäre, wäre – Fahrradkette!" (Als Quelle wurde ein gewisser Lothar M. angegeben.).

Bezüglich der Idee, ein solches Gehirn aufzublasen, bleibt allerdings zu fragen, ob die Vergrößerung des Volumens wirklich einen Unterschied macht. Vielleicht hilft hier die Veranschaulichung mit Erdbeeren. Die Größe macht es nicht – das Ergebnis ist dieselbe Menge Aroma mit mehr Wasser. Das lässt ahnen, was bei der Aktion der Forscher herauskommen wird, nämlich keinesfalls mehr Substanz.

Oder doch im Sinn einer anderen Scherzfrage: Was ist der Unterschied zwischen einer großen leeren Flasche und einer kleinen leeren Flasche? – Die große ist leerer ...

# Das Tor stimmt nicht

Wenn wir die großen Geister nicht hätten, dann entginge uns so mancher Anlass zu Heiterkeit, aber auch zu tiefsinniger Betrachtung. So hat einer der erst vor kurzer Zeit von uns gegangenen wahrhaft Großen in den letzten Monaten seines irdischen Seins zumindest für einen der genannten Anlässe gesorgt: Die Fussballtore müssten vergrößert werden, so schlug er vor.

Nun könnte man meinen, dieser Vorstoß sei nur der Gier nach einer allgemein höheren Torbilanz geschuldet, damit dächten wir jedoch zu kurz. Natürlich würde die Zahl der Tore zwangsläufig zunehmen, hätte es ein Torwart doch nun zentimeterweise schwerer, dem Ball den verhassten Weg ins heilige Tor zu versperren, da zwischen ihm und den Pfosten eben mehr Platz wäre. Die Absicht des großen Geistes und offenbar hingebungsvollen Freundes einschlägiger Sportsendungen ist jedoch insofern über derlei Schlichtheit erhaben, als er wohl einfach nur baulich nachgebessert sehen möchte, was durch das als „Säkulare Akzeleration" bekannte zunehmende Längenwachstum der Menschen ins Ungleichgewicht geraten ist, nämlich das Größenverhältnis zwischen Torwart und Tor.

Der Welt-Fussballverband FIFA hat den lichten Abstand der Seitenpfosten zueinander schon vor Jahren und sicherlich völlig zurecht auf 7,32 m festgelegt, die Höhe unter der Querlatte muss logischerweise davon ein Drittel, also 2,44 m betragen, ist doch klar. Wollte man der oben erwähnten Zunahme des durchschnittlichen Größenwachstums der Menschen angemessen Rechnung tragen, müsste man die baulichen Maße von Fussballtoren alle zehn Jahre um einen Zentimeter in der Höhe und folglich um drei Zentimeter in der Breite verändern, hätte dies eigentlich schon mehrmals tun müssen.

Obwohl viele Vereine und deren Sponsoren solche Veränderungen an den Maßen der Tore leicht bewältigen könnten, mag es doch auch Vereine oder Sportstätten geben, die hierzu schon finanziell nicht in der Lage sind.

In diesem Zusammenhang drängt sich die Frage auf, wie der Fussballsport bisher mit den allein aus der Körpergröße resultierenden Ungerechtigkeiten umgegangen ist. Ist nicht hinlänglich bekannt, dass es nationale Unterschiede in der Körpergröße gibt? Wissen wir nicht alle, dass Franzosen und Italiener zum Beispiel durchschnittlich kleiner sind als – na, sagen wir Schweden oder Holländer? Und müsste hier nicht auch nachgedacht werden? Müssten dann nicht die Tore sogar unterschiedliche Maße haben, wenn Mannschaften so unterschiedlicher Nationalitäten gegeneinander anträten? Oder greift diese Überlegung nicht, weil die Spieler ohnehin nicht notwendigerweise die Nationalität des Landes haben, für das sie antreten, sondern als Handelsware global herumgedealt werden wie Fremdenlegionäre?

Eine kostengünstigere Alternative zur Anpassung der Tore bestünde darin, in die Spielregeln des Welt-Fussballverbandes die Ergänzung aufzunehmen, dass kein Torwart größer als – sagen wir – 1,76 m sein darf, mit Stollenschuhen maximal 1,80 m. Dann fielen wieder mehr Tore, und kosten würde es auch nichts.

Bei dieser Gelegenheit denken wir sogleich an andere Sportarten, bei deren Ausübung die Körpergröße ebenfalls eine Rolle spielt: Basketball, auch Tennis oder Stabhochsprung. Sehr schnell wird deutlich, ein wie hoher Nachbesserungsbedarf allein an den baulichen Einrichtungen nahezu sämtlicher Sportstätten vorzunehmen wäre, wollte man auf diese Weise Gerechtigkeit schaffen.

Oder bestätigt sich hier etwa die alte Erkenntnis, dass wir uns wohl damit abfinden müssen, dass es hienieden keine Gerechtigkeit gibt bzw. dass wir sie durch das Höherhängen von Basketballkörben oder die Veränderung der Feldmaße bei Ballspielen nicht herstellen können? Das bringt uns zu der banalen Erkenntnis zurück, dass jeder eben vorrangig das tun sollte, wozu er besondere Eignung hat. Oder noch banaler: Wer klein ist, ist im Reitsport besser aufgehoben als beim Basketball, und wer korpulent ist, sollte seine sportliche Erfüllung nicht beim Hochsprung suchen, sondern vielleicht im Dartsport, Poolbillard oder Schachspiel.

Es darf allerdings angenommen werden, dass es nicht diese zutiefst entmutigenden Einsichten allein waren, die den eingangs genannten Urheber des Plädoyers für eine Torvergrößerung bewogen hat, sich das Leben zu nehmen. Er mag wohl auch noch andere Probleme gehabt haben.

# Lucky

Ich starre meinen Freund an. Er hat neue Schuhe, endlich mal ein neues Hemd, und eine Flasche Whisky auf dem Tischchen neben seinem Fernsehsessel, die im Laden über fünfzig Euro kostet. Und er hat mich nicht angepumpt. Heiner hat plötzlich Geld. Da stimmt etwas nicht.

Großzügig deutet er auf die Flasche, gibt mir ein Glas, und ich setze mich.

„Was geerbt?", frage ich so beiläufig wie möglich.

Er lacht. „Nee. Glück gehabt. Gewettet."

„Glück?" Ich kann es nicht fassen. Er, der bisher immer der notorische Loser war, hat etwas beim Wetten gewonnen? Allein dass er so etwas auch nur gewagt hat, will mir nicht in den Kopf. Immerhin hat es sich gelohnt, sein Whisky schmeckt wirklich sehr teuer. „Was für eine Wette denn?"

Heiner zeigt auf seine Katze Lucky.

Ich verstehe nicht. „Hast du auf deine Katze gewettet, oder was?"

„Ja. So ungefähr." Er lächelt geheimnisvoll.

„Na, komm, erzähl schon. Mir kannst du es doch sagen!"

Nach ein paar Anläufen und drei Gläsern Whisky findet er endlich den richtigen Einstieg. „Also mir sind ein paar junge Mäuse zugelaufen, draußen im Schuppen, ein ganzes Nest voll, bevor Lucky sie gefunden hat. Da habe ich halt eine auf den Rasen gesetzt und gesagt, wenn Lucky die kriegt, gewinnt Bayern, wenn nicht, gewinnt Dortmund. Die Maus hat verloren – Dortmund auch."

„Und wo kommt das Geld her?"

„Naja, nach zwei Spielen, die genauso ausgegangen sind, wie Lucky und die Maus vorausgespielt haben, habe ich mich ins Wettbüro getraut und auf Luckys Orakel gewettet. Erst einen Hunderter, dann gleich mehr. Und bisher hat es jedes Mal gestimmt."

„Wahnsinn", bringe ich mühsam hervor. „Und wer wird Weltmeister?"

„Nee-nee, so funktioniert das nicht. Lucky und eine Maus, die können immer nur ein Spiel, nämlich das, was gerade ansteht. An das Finale tasten wir uns ja erst noch ran, Spiel für Spiel."

„Irre", sage ich und nippe noch einmal andächtig an meinem Glas. „Wenn du mal einen Teilhaber brauchst, sprich mich ruhig an."

„Wollte ich auch", sagt Heiner. „Du kannst mir helfen. Hast du vielleicht mal ein paar Mäuse?"

Das letzte Mal, als er mir diese Frage gestellt hat, hat er Geld gemeint. Das hat er nun nicht mehr nötig.

# Fussball, voll öko

Ich bleibe vor einer großen Tafel stehen und lese: *Bio-Fussbälle – Angebot!* Ich kneife mich in den Arm. Bio-Fussbälle? Für mich sehen sie ganz normal aus – wie Fussbälle halt. Ich sehe mich um und bemerke das rote T-Shirt einer jungen Dame, die hier im Sportgeschäft berät. Natürlich ist sie hilfsbereit. Steht ja auch auf dem T-Shirt: *Was nicht gefunden? – Ich besorg es dir.*
„Was ist denn daran Bio?", will ich wissen und deute auf die Bälle.
„Die sind nach den Vorgaben des DVdFH zertifiziert. Sie kommen hier aus der Region und werden hergestellt aus Polyurethan, sind voll lactosefrei und daher auch für Veganer geeignet. Sie werden besonders ökologisch und ohne Kinderarbeit produziert, fair gehandelt und emissionsarm in den Handel transportiert. Ihre Langlebigkeit auch unter härtesten Bedingungen macht sie besonders umweltfreundlich. Das Gütesiegel des DFB ist auch schon beantragt. Da kaufen Sie ein in jeder Hinsicht unbedenkliches und hochwertiges Produkt."
Ich bin beeindruckt.
Dennoch frage ich: „Was sagten Sie, wer das zertifiziert hat?"
„Der DVdFH – der Deutsche Verband der Fussball-Hersteller, und der hat sehr strenge Kriterien, das können Sie mir glauben."
Die Bälle sehen vertrauenerweckend aus, ganz solide, schwere Ware, voll öko und total ästhetisch, so richtig schön rund.
„Und warum sind die zur Zeit im Angebot?"

„Wir haben die jetzt in die Aktion genommen, weil sie ihr Haltbarkeitsdatum erreicht haben."

„Was – die haben ein Haltbarkeitsdatum?"

„Klar, aber nur für den Handel, wegen Luftdruck und so. Die meisten Leute stören sich da gar nicht dran – ist ja wie mit Aspirin, das verliert ja auch nicht am letzten Tag der Haltbarkeit seine Wirkung, oder?"

Ich merke, ich muss einfach einen kaufen, auch wenn ich gar nicht Fussball spiele, aber ein solches Angebot nicht wahrzunehmen, wäre schön blöd. Schon der dekorative Wert – voll krass. Etwas, worüber ich künftig stolz dozieren werde, wenn mich jemand danach fragt – Herstellungsbedingungen und so – toll. Und wenn ich gar nicht dagegen trete, hält er ja umso länger.

Schade, dass ich keinen Platz für ein Seitpferd habe, denn Bio-Seitpferde haben die auch – mit Haltbarkeitsdatum und Zertifikat. Das Holz aus ökologischem Plantagen-Anbau und bespannt mit dem Leder vegan ernährter Rinder – naturegerbt. Aber das kann ich mir nun wirklich nicht hinstellen, nicht einmal zur Dekoration.

# Protokoll einer Veränderung

Wie ich in diesen Raum gekommen bin, weiß ich nicht. Ich weiß auch nicht genau, wie lange ich schon hier bin. Aber ich weiß sehr sicher, dass ich nicht schon immer hier war.

Das letzte, an das ich mich erinnern kann, bevor ich hierher kam, war, dass ich an einem Fussballplatz vorbeiging. Danach war diese dunkle, dumpfe Zeit, und seitdem bin ich hier.

Sie haben mir meine Sachen weggenommen, stattdessen haben sie mich in dieses Trikot gesteckt, das T-Shirt gelb mit schwarzen Streifen an der Seite, und eine schwarze Hose.

Der Raum, in dem ich mich befinde, ist etwa quadratisch, ein Fenster oder eine Tür habe ich noch nicht gefunden, und dennoch ist es hell. Es ist, als ob die Wände und die Decke in einem diffusen blassen Licht schimmern. Nur der Boden ist deutlich grün und borstig, ähnlich den Plastikrasen, die man auf Terrassen auslegen kann.

Und es gibt da noch diese Klappe, durch die ich meine Mahlzeiten kriege. Wenn sie geöffnet ist, kann ich in eine Nische sehen, die das Format eines Umzugskartons hat. Durch die haben sie mich vermutlich hier hereingeworfen. Auf der Außenseite der Nische muss auch eine Klappe sein, durch die sie meine Mahlzeiten in das Fach stellen. Aber nie sind beide Klappen gleichzeitig offen.

Ich sehe niemanden und höre niemanden. Es gibt nur das Klacken der Klappe, wenn sie sich öffnet, dann kann ich mein Essen herausnehmen. Das leergegessene Tablett stelle ich wieder in das Fach, und die Klappe schließt sich.

Ich habe versucht, anhand der Mahlzeiten zu berechnen, wie

viele Tage ich schon hier bin, aber mir scheint, dass ich unregelmäßig gefüttert werde, auch gibt es manchmal zweimal hintereinander Frühstück oder eine Suppe. Sie wollen mich verwirren, ich soll den Boden unter den Füßen verlieren, ich soll verblöden – ja, das muss es sein. Ich soll verblöden.

Ach ja, fast hätte ich es vergessen: Da ist noch diese Torwand. Sie ist auf die Wand gemalt, die der Essensklappe gegenüber liegt, und sie hat diese zwei schwarzen Löcher, durch die ich einen Fussball schießen muss. Nahe der Essensklappe ist eine weiße Markierung auf dem Boden, dort muss ich einen Ball hinlegen und ihn auf die Torwand schießen. Das widerstrebt mir – für Fussball habe ich mich bekanntermaßen schon ewig nicht mehr interessiert, aber ich habe es ausprobiert: Wenn ich nicht mitspiele, kriege ich nichts zu essen.

Ob ich treffe oder nicht, macht komischerweise keinen Unterschied, ich muss nur immer wieder schießen, das wollen sie. Manchmal öffnet sich die Klappe mit dem Essen nach hundert Schüssen, manchmal erst nach der doppelten Zahl. Ich versuche, laut mitzuzählen, aber auch das fällt mir immer schwerer – ich verblöde wirklich hier in diesem Kasten.

Wenn ich eins der beiden Löcher treffe, kommt der Ball aus dem unteren Loch zurückgerollt, treffe ich nicht, prallt er direkt zu mir zurück. Das Schlimmste ist aber das, was nach jedem Schuss passiert: Treffe ich, ertönt das idiotische Gebrüll des Radioreporters, der das „Wunder von Bern" kommentiert hat, damals 1954 – das stand zumindest auf einem Zettel, der am Anfang in meiner Essensklappe lag – Herbert Zimmermann: *„TOOOR – TOOOR – TOOOR!"*. Treffe ich nicht, so ertönt ein verächtlicher Grunzlaut, ähnlich dem, mit dem Clint Eastwood in seinem Film *Gran Torino* den sozialen Abstieg seiner Nachbarschaft beklagt. Ich weiß nicht, was mir lieber ist. Aber schießen muss ich – und mit den Konsequenzen leben.

All das geschieht natürlich nicht zu meinem Vergnügen, ganz bestimmt nicht, und ich warte von Tag zu Tag – was ist hier ein Tag? – auf eine Erklärung, wofür ich in diesem Käfig gefoltert werde. Was habe ich getan, wofür sie mich strafen? Gibt es einen Ausweg, eine Möglichkeit, durch ein Versprechen oder ein Sühneopfer in mein voriges Leben zurückkehren zu dürfen?

Und was wäre ich bereit, dafür zu tun?

Vielleicht sollte ich ihnen ein Angebot machen. Darüber werde ich nachdenken. Oh, seit meiner letzten Fütterung habe ich noch nicht oft genug auf die Torwand geschossen.

„RRRRRRRRMM!" wieder und wieder! Und dann „TOOOR – TOOOR – TOOOR!" nach dem zwanzigsten Mal! Ich treffe schlecht.

Da, endlich mein Essen – schon wieder dieses eklige Müsli – schon wieder ein Frühstück? Ist schon wieder Morgen?

Ich denke mit dem letzten bisschen Hirn, das mir noch geblieben ist, über ein Sühneopfer nach. Es muss doch etwas geben, womit ich mich erlösen kann!

Jawohl, ich hab's! Ich verspreche ihnen, dass ich mir einen riesengroßen Flachbildschirm ins Wohnzimmer hängen werde, und ich werde jedes Scheiß-Bundesligaspiel, jedes Scheiß-Champions-League-Spiel – kurz jedes Scheißspiel überhaupt anschauen und dazu schleimiges Müsli essen, bis ans Ende meiner Tage, wenn ich nur wieder aus diesem Käfig raus darf. Denn wenn ich schon dazu verurteilt worden bin zu verblöden, dann kann ich das doch auch zu Hause tun.

„Ja", rufe ich. „JA! Ich werde mir einen riesengroßen Flachbildschirm ins Wohnzimmer hängen und alle Fussballspiele
dieser Welt anschauen – *SKY, Premiere* – und alles, was es
gibt! Und dieses Trikot werde ich auch tragen – lebensläng-
lich! Nie wieder werde ich abfällig über Fussball reden – nie
wieder! Ich verspreche es!"
Was?
Was höre ich aus der Kulisse?
„*AUUS – AUUS – AUUS!*" tönt es laut und deutlich. „*AUUUS!*"
Es ist zu Ende, sie lassen mich raus.
Es ist so weit, ich bin blöd, sie sind endlich zufrieden!

Ob ich das jetzt wirklich alles tun werde?
Sag' ich nicht. Aber soviel ist klar: Ich werde in Zukunft einen
weiten Bogen um Fussballplätze machen.

# Ein Sportreporter im Himmel

Das laute Klopfen an der schweren Pforte lässt eine steile Falte auf Petrus' Stirn entstehen. So klopft man hier nicht!

Er schlurft zur Tür und öffnet sie einen Spalt breit. „Was willst du?"

„Ich bin Herbert Zimmermann, und ich will hier rein."

„Was, glaubst du, hat dich qualifiziert?"

„Ich bin Sportreporter, und ich habe mich unsterblich gemacht durch die Rundfunkreportage des Endspiels Deutschland gegen Ungarn in Bern, 1954."

„Was, dann warst *du* also der Kerl, der da mit überschnappender Stimme die Fassung verloren hat? Für ein ganz normales Ballspiel, dessen Ausgang dann auch noch als *Wunder von Bern* bezeichnet worden ist!? Hier vollbringt nur einer Wunder, ist das klar? Und noch was: Du hast allen Ernstes dem Torwart der deutschen Mannschaft als *Fußballgott* gehuldigt – hast du schon mal was von Blasphemie gehört?!"

„Petrus?" (eine Stimme aus dem Hintergrund)

Petrus brummt „Warte mal eben" und verschwindet.

Nach ein paar Minuten kommt er wieder und sagt: „Hast nochmal Glück gehabt. Amnestie für deine Emotionsausbrüche – sie haben IHN amüsiert, damals. Gibt Schlimmeres, sagt ER. *Ich* hätte dich zum Teufel gejagt – wegen Amtsanmaßung. Aber bitteschön, ich bin hier ja nur der Pförtner."

Damit tritt Petrus zur Seite und lässt Engel Herbert eintreten.

„Aber hier oben gewöhn' dir etwas mehr Demut an, sonst gibt es bei der Essensausgabe für dich nur trockene Backoblaten, wie unten in der Kirche, das sag ich dir!"

# Am Bolzplatz gestrandet

Neben dem *Club Nautico* ist eine Betonfläche, umgeben von etwa kniehohen Betonmauern. Von dem Platz aus kann man auf einen kleinen Strand im Nordosten der Bucht von Mindelo sehen, vereinzelte bunte Ruderboote dümpeln träge auf dem milchig-grünen Wasser. Weiter links wuchert die Marina für die Mutigen unter den Yachties und Weltumseglern hinaus in die Bucht, die ganz Mutigen ankern außerhalb des bewachten Marinabereiches, dafür kostenlos.

Ich bin weder mutig noch ganz mutig, ich bin gestrandet als Mitsegler eines Schiffes, das zum wiederholten Male wegen technischer Probleme seine Fahrt in die Karibik hat unterbrechen müssen, diesmal eben in der Marina von Mindelo auf der Kapverden-Insel São Vicente. Mechaniker machen sich an der Maschine zu schaffen, doch es herrscht Karneval, und der wird auf den Kapverden mit großer Inbrunst begangen. Es kann noch Tage dauern. Ich kann also nicht anders als hier herumzuhängen, und ich versuche, das Beste daraus zu machen.

Ich suche mir auf der Mauer des Platzes einen schattigen Fleck und lasse mich darauf nieder. Vor mir rennt eine Gruppe bunter Gestalten wie von einem verwirrten Choreographen dirigiert hin und her, ein abgewetzter und etwas schlapper Gummiball von der Größe eines Kinderkopfes spielt in dem Getümmel offenbar eine tragende Rolle, denn er ist immer genau da, wo alle hinrennen.

Es scheint, als sei ich Zeuge eines ambitionierten Fussball-spiels, und wieder – wie schon so oft bei ähnlichen Gelegenheiten – frage ich mich, warum um alles in der Welt ein gutes Dutzend Exemplare der Gattung *Homo sapiens sapiens* bei gnadenlosem Sonnenschein und dem ewig starken Wind, der auf seine eigenwillige Weise mitspielt, auf einem heißen staubigen Platz schwitzend und keuchend hinter einem billigen Ball herläuft. Stücke von Treibgut markieren die Tore. Am Ende wird es vielleicht zwei-zu-eins stehen oder eins-zu-zwei. Es kann auch jedes beliebige andere Ergebnis dabei herauskommen, es ist völlig unerheblich, denn morgen schon werden diese oder ähnliche Figuren die Rennerei von heute wiederholen, und dann wird wieder irgendein Ergebnis herauskommen. Und macht es einen Unterschied?

Ich sehe mir die Typen genauer an. Den ältesten schätze ich auf vierzig, den jüngsten auf zwölf. Dass gerade Karneval ist, erklärt die Aufmachung zweier der Gestalten: Der eine trägt ein nicht mehr ganz weißes Clowns-Kostüm mit bierdeckelgroßen bunten Punkten und einem roten Rüschenkragen. Dazu passt seine riesige rote Wuschelperücke, deren Locken rhythmisch um sein dunkles Gesicht schwappen, wenn er läuft. Er spielt barfuß, was der Verbissenheit seines Einsatzes keinen Abbruch tut.

Der andere Karnevalist trägt ein hautenges Trikot mit großflächigen Zebrastreifen, dazu ein knallgrünes Tüllröckchen und einen ausgefransten Strohhut. Um seinen Hals baumelt ein riesiger Schnuller, den er gelegentlich drückt und der dann ein quakendes Geräusch von sich gibt. Ob er der Schiedsrichter ist? Immerhin spielt er mit.

Der Rest der Spieler ist weniger auffällig, dennoch habe ich an den verschiedenen Spielfeldrändern, an denen ich schon gestaunt habe, noch niemals so gestaunt wie hier. Denn einer der Mitspieler ist ein Hund, in dessen Ahnenreihe sich so mancher Rassehund unstandesgemäß vergessen haben muss. Er quittiert das Quaken des Schnullers jedes Mal mit kurzem Gebell, läuft dann unverdrossen mit dem Pulk derer, die in der Nähe des Balles nach diesem stochern. Er gehört zu einer jungen Frau, die ebenfalls mitspielt, mit knappem Top und dünner Pluderhose, einer Aufmachung, die sie wohl auch außerhalb der Karnevalssaison trägt. Hin und wieder tritt sie an den Rand des Spielfeldes, um vorsichtig in einen Einkaufskorb zu sehen, in dem – wie ich irgendwann erkannt habe – ein Kleinkind schläft.

Schließlich steigt sie ganz aus dem Spiel aus. Sie kommt zu mir herüber und setzt sich neben mich. Sie hat mich offenbar in der Marina gesehen und schließt aus der Flagge unseres in Brüssel registrierten Schiffes, dass ich Belgier bin wie sie.

Damit kann ich nicht dienen, trotzdem – wo sie schon einmal da ist, muss sie mir so viel von ihrem Leben erzählen, wie in eine halbe Stunde passt. Sie heißt Céline und spricht französisch, flämisch und englisch. Sie wohnt auf dem kleinen gelben Segelboot, das dort zwischen den ganz Mutigen ankert. Das Boot gehört eigentlich Pierrot, der sie verlassen hat. Er ist zu Emilia gezogen, die am Rand der Stadt ein kleines Nagelstudio betreibt. Wann er zurückkommt, weiß sie nicht, aber da er kaum portugiesisch spricht und Emilia kaum etwas anderes, gibt Céline den beiden nicht lange.

Wenn er zurückkommt, wird sie das Schiff verlassen. Das Kind ist nicht von ihm, und den Hund kann er behalten. Sie könnte dann für eine Weile bei Cindy wohnen, die in einem der örtlichen Hotels einen Saisonjob gefunden hat, nachdem ihr Exfreund Doug sie hat sitzenlassen.

Mit Célines Hilfe stelle ich mir vor, wie Cindy – beladen mit Einkaufstüten – zum Strand zurückgekommen ist und festgestellt hat, dass das Dinghi verschwunden ist, ebenso wie das Schiff, auf dem sie mit Doug von Schottland hierher gesegelt ist, auf dem sie hatte weiterfahren wollen. Auch Lucia ist verschwunden, im *Club Nautico* ist sie zumindest seitdem nicht mehr gesehen worden.

Céline hofft, mit ihrem Kind eine Passage zurück nach Norden zu finden, aber in die Richtung fährt so leicht niemand. Die meisten Fahrtensegler folgen von den Kapverden aus dem Passatwind nach Westen, in die Karibik, und da will sie nicht hin.

Seit Dougs Verschwinden streunt übrigens auch Lucias Exfreund Paolo etwas planlos durch Mindelo, und nur die Tatsache, dass er die Figur eines Grizzlys hat, bewahrt ihn davor, bei seinen nächtlichen Streifzügen ausgeraubt zu werden. Er vermutet, dass Lucia mit Doug durchgebrannt ist, aber genau weiß er das nicht – in Mindelo weiß niemand so ganz genau, wie und warum jemand verschwindet, und hinterlassen hat sie nichts. Auch Paolo muss irgendwann weiter, aber mit wem? Und wohin?

Nach der etwas wirren Schilderung weiterer Verflechtungen zwischen Menschen unterschiedlicher Herkunft – hergelockt von unterschiedlichen Träumen – pfeift Céline ihrem Hund, der noch immer mit dem Pulk der Spieler um den Ball kämpft, und verabschiedet sich. Ich sehe ihr nach, wie sie mit ihrem Kinderkorb und dem Hund zu ihrem Dinghi hinuntergeht.

Was für eine Szene – dieser Reigen von bunten Gestalten zwischen sonnenversengtem Fussballspiel und Verzweiflung, am Rande des karnevalistischen Taumels, aufblitzende Fetzen

aus den Fugen geratenen Lebens, die darauf warten, aufs
Neue mit anderen Fetzen verknotet zu werden.

Live-Musik im Club Nautico, Mindelo

Abends werden sie alle wieder auftauchen, von denen ich
nicht viel und doch genug weiß, im trüben Licht des *Club Nautico*, wo wir alle für ein paar Tage, Wochen oder Monate gestrandet sind, direkt neben dem Bolzplatz, der dann bevölkert
sein wird von betrunkenen Karnevalisten und Taschendieben.

# Tod bei der WM 2006

Und dann haben wir Onkel Walter zu Grabe getragen. Alles war sehr schön feierlich, er hätte seine Freude daran gehabt – wenn er auf andere Weise hätte dabei sein können.

Seine Schwester Alma hat sich um entsprechenden Blumenschmuck gekümmert, den Walter geschmacklich selbst vorweggenommen hatte, denn er hatte während der WM einen Strauß weißer Nelken auf seinen Wohnzimmertisch stehen, dazwischen schwarz gefärbte Plastiknelken, angeordnet wie das Farbmuster auf einem Fussball, sehr hübsch. Die Blumengestecke in der Trauerhalle waren dann auch so ähnlich, mit richtigen kleinen Fussbällen. Wer glaubt, man hätte Alma davon abbringen können, der kennt sie nicht.

Seit bekannt war, dass *wir* – Onkel Walter hat das Wort in diesem Kontext immer mit besonderem Stolz benutzt – die WM ausrichten würden, pflegte er auch gern auf den Umstand hinzuweisen, dass WM seine Initialen waren – Walter Meinrad – und wann immer es möglich war, zum Beispiel auf seinem Deckel unten beim Jupp in der Kneipe „Zur gelben Karte", unterzeichnete er mit *WM*.

Schon im Mai hat er seinen Balkonkasten mit Blümchen in den nationalen Farben bepflanzt: schwarz eingefärbte Plastikblumen, rote Begonien und gelbe Tagetes. Und natürlich hatte er einen Regenschirm in denselben Farben darüber an die Balkondecke gehängt. Dabei hat er sich nicht etwa dem Gruppendruck der Nachbarn gebeugt, seinen Balkon mit entsprechenden Farben als Teil einer Art von Fan-Meile auszuweisen – er *war* der Gruppendruck! Und das ansonsten eher unkomplizierte, geradezu nachbarschaftliche Verhältnis zwischen ihm und Giovanni war immer wieder einmal überschattet, wenn dieser seine Nationalfarben in Badelaken-Größe über die Balkonbrüstung hängen ließ. *Leben und leben lassen* war dann nicht immer ganz so einfach.

Der Arzt hatte ihm ja geraten, sich nicht zu viel aufzuregen, das Herz und die Hitze – aber sagen Sie das mal einem richtigen Fan. Und so saß er dann bei geöffnetem Fenster und verfolgte jedes Spiel, vor sich das Blumengesteck mit den schwarzen und weißen Nelken, umrahmt von knallgrünem Katzengras, und versuchte, sich nicht aufzuregen. Mit mäßigem Erfolg.

Je weiter *wir* in der Qualifikation kamen, desto ruhiger wurde er. „Wart mal ab, der Klinsi schafft das schon. Ich hab Vertrauen in den Jungen, der hat das gut im Griff."

Onkel Walter redete überhaupt sehr liebevoll von unseren Idolen. Janni, Schumi, Olli, Michi, und eben auch Klinsi.

Und dann das Halbfinale. Deutschland gegen Italien. Onkel Walter lehnte sich zurück und beruhigte seine Freunde von *Gelb-Rot-'48*. „Unentschieden nach der Verlängerung, ist doch umso besser, im Elfmeterschießen hauen wir die *wech*!"

Und dann, so kurz vor dem Ende, das Null-zu-eins. Erst ist den Freunden nichts aufgefallen, sie hatten mit ihrem eigenen Kummer zu tun, aber dann, beim Null-zu-zwei, da sah einer zu Onkel Walter rüber und merkte, dass er gar nicht mehr hinguckte. Er guckte an die Decke. Das Null-zu-zwei hat er wohl nicht mehr mitgekriegt, vielleicht auch gut so. Das hätte er erst recht nicht überlebt.

Gut auch, dass er auf diese Weise nicht mehr erleben musste, wie Giovanni den Spielausgang bejubelt hat – bis auch der mitkriegte, dass Onkel Walter's letztes Tor gefallen war.

Und dann, gestern dieser Trauerzug. Sehr festlich! Selbst Giovanni ist mitgegangen. Erst kurz vor der Grabstätte, wo schon Onkel Walters Frau liegt, die Heidi, da fiel mir auf, dass jemand das schwarz-rot-goldene Fähnchen, das er die letzten Wochen an seinem Auto hatte, an seinen Sarg gestellt hat – und den schlappen Fussball aus seinem Garten, mit dem sein Mischlingshund Olli immer gespielt hat, den hat er oben draufgelegt. Wenn das nicht einer von seinen Freunden von *Gelb-Rot-'48* war, dann kommt nur die Alma in Betracht – zuzutrauen wäre es ihr. Aber die hat sich nichts anmerken lassen.

# Nachtrag zur EM 2016

In Deutschland weiß ein jedes Kind –
im Osten wie im Westen –
selbst wenn wir nicht die Sieger sind,
so sind wir doch die Besten!

# Senegal gegen Kolumbien

„Schatz", sagt sie, denn dafür hält sie ihn – für ihren Schatz. Etwas brummt hinter der nicht mehr ganz frischen Ausgabe eines Sportmagazins. Ein Brummen mit einem leichten Fragezeichen dahinter.

„Ich habe einen Termin bekommen."

Er etwas lauter: „Hm?"

„Na, wir haben doch darüber gesprochen – einen Termin beim Standesamt. An deinem Geburtstag, damit du ihn dir besser merken kannst."

„Was, dieses Jahr?" Er lässt das nicht mehr ganz frische Magazin sinken und sieht sie an. Seine Stirn ist leicht gerunzelt.

„Klar, ist doch noch ein paar Monate hin. Können wir doch alles noch arrangieren."

„Da kann ich nicht. Da ist WM, da kommen Lars und die anderen zum Fussballgucken. Bringen ein Fässchen mit. Der Termin geht gar nicht." Er ist wieder hinter dem Magazin.

„Aber ist das Spiel denn *sooo* wichtig? Wer spielt denn überhaupt?"

Das Magazin sinkt erneut, und ihr Schatz sieht sie an. Er seufzt. „Senegal gegen Kolumbien", sagt er, wobei er jede Silbe betont, „und Japan gegen Polen. 'türlich ist das wichtig – und abends sind noch zwei Spiele!" Er schüttelt leicht den Kopf und vertieft sich wieder in das Magazin.

Sie sieht eine Weile auf das Cover des Sportmagazins zwischen ihr und ihrem Schatz.

*Kick*, denkt sie. Langsam zieht sie einen kleinen Kalender aus der Tasche, öffnet ihn und streicht mit Nachdruck darin etwas aus. Sie schiebt den Kalender in ihre Tasche zurück, nimmt einen Schlüsselbund heraus und verlässt leise die Wohnung, ein entschlossenes Lächeln auf dem Gesicht.

*Kick,* denkt sie. *Je Fussball, desto ohne mich.*

Bis zum 28.06. nimmt sie sich frei. Einschließlich.

Und danach auch.

# Die WM 2018 und kein Ende

WM spricht sich Weh-Emm. Der Weg zu einem als *Weh* empfundenen Ergebnis ist unter Umständen kurz. Doch eigentlich ist es kaum mehr als ein Wehwehchen. Klar, da leckt man sich ein paar Wochen lang die Wunden, man sinniert über einen Trainerwechsel, denn wenn Spieler keine Tore schießen, hat bekanntlich der Trainer Schuld. Vielleicht sollte auch einmal darüber nachgedacht werden, ob man die Spieler rauswirft, die früher unter demselben Trainer Tore geschossen haben, es jetzt aber nicht mehr tun.

Oder man greift eine Ebene höher: Was ist mit den DFB-Funktionären? Hätten die nicht des Trainers Vertrag verlängert, wäre vielleicht alles anders gekommen. Die einen sagen *so*, die anderen sagen *so*. Aber alle rauswerfen könnte doch vielleicht sinnvoll sein. Man könnte es wenigstens versuchen.

Mal etwas anderes: Nach meinen Recherchen hat noch nie eine Titelverteidiger-Mannschaft erfolgreich ihren WM-Titel verteidigt. Warum hätte es 2018 anders sein sollen? Hat die deutsche Nationalelf denn einen Rechtsanspruch, mindestens ins Finale vorzudringen? Ist das nicht auch irgendwie arrogant? Gern erinnern wir uns in diesem Zusammenhang an das Kriegsgeheul „*So geh'n die Gauchos*" (2014), dessen Häme am Rand der Unerträglichkeit geradezu nach einer ordentlichen Klatsche geschrien hat?

Und nun kommt als Kirsche auf der Buttercremerosette noch diese unsägliche „Rassismus"-Debatte dazu, die ein deutscher Nationalspieler losgetreten hat, nachdem er einem autokratischen Staatschef Wahlhilfe geleistet hat. Ok, auch wenn er das alles kaum verstanden haben dürfte – schließlich ist sein Abgang von seinem letzten Bundesligaverein nicht das, was man als *brain-drain* bezeichnet – es ist schon etwas Besonderes, sich nun in der Opferrolle zu sonnen, wenn es um nichts anderes geht als seine mangelnde Identifikation mit dem Land seiner Wahl und dessen Werten einerseits und seinem Bekenntnis zum türkischen Präsidenten andererseits. Und wenn ihm dann ein deutliches Maß an Unverständnis entgegenweht, spielt er die Rassismus-Karte, das Totschlagargument schlechthin.

Klar, dass ein Erdoğan-Fan die deutsche Nationalhymne nicht mitsingen kann: Er versteht die Wörter „Recht" und „Freiheit" nicht – versteht er einfach nicht. Dann singt er besser auch nicht mit. Mir hilft es erheblich, wenn ich all das nicht mehr ernst nehme.

Und nun die Befürchtungen, die EM 2024 könnte durch diese Sommerlochaffäre vielleicht nicht an Deutschland vergeben werden, sondern an Erdoğanistan!? Welch ein Desaster! Na, noch einmal Glück gehabt ...

Wäre es nicht schön, wenn wir sonst keine Probleme hätten?

*Antwort auf die Frage von Seite 30:*
*Richtig – die Väter meiner Schüler hatten alle etwas Wichtigeres zu tun. Natürlich hatte ich bei der Terminierung dieses Elternabends nicht bedacht, dass zeitgleich ein besonders hochrangiges Fussballspiel übertragen werden würde – Deutschland gegen Polen (oder so – wie soll ich das jetzt noch wissen ...?).*

Zeitfracht Medien GmbH
Ferdinand-Jühlke-Straße 7
99095 Erfurt, Deutschland
produktsicherheit@kolibri360.de